我
的
重製人生
Remake our life!
Let's time-travel to 10 years ago
and reenjoy creative
and sweet youthful days
木緒なち
繪者 えれっと
Kionachi / Illustration Eretto
02
回到十年前
找回幹勁吧！

我們的重製人生

Remake our Life!
Let's time-travel to 10 years ago
and reenjoy creative
and sweet youthful days.

回到十年前找回幹勁吧！

作者：木緒なち
插畫：えれっと

02

「嗯……？啊，恭也同學，
已經吃完飯了嗎？」

「放心！
不要看我這樣，
我從昨天就一直在背台詞了。」

奈奈子尷尬地緊扯著裙襬，
滿臉通紅地從社辦門口走進來的瞬間，
社辦裡的每個人都發出了歡呼聲。
「那、那個，
拜託大家不要
一直盯著我看……」
Nanako

TSURAYUKI ROKUONJI
鹿苑寺貫之
橋場恭也
志野亞貴
河瀨川英子

KEIKO TOMIOKA
登美丘罫子
NANAKO KOGURE
小暮奈奈子

我們的重製人生 02

Remake our Life!
Let's time-travel to 10 years ago
and reenjoy creative
and sweet youthful days.

回到十年前找回幹勁吧！

目次

Contents

序章　從二〇〇六年的夏天開始

橋場恭也，二十八歲，單身。

二〇一六年秋天，任職的成人色情遊戲公司，因為社長失蹤宣告破產倒閉。

想成為遊戲製作人的夢想也隨之破滅，走投無路之下只好回到老家。

也沒特別想做什麼，一天又一天順利過著無業的尼特族日子……

我的自我介紹，本來應該是這樣的。

但是，拜最高層級的命運捉弄所賜，我穿越時空回到了十年前。

還來不及思考，就得先面臨一個重大抉擇。

十八歲的自己，要選擇念什麼大學。

一間是實際上已經畢業的普通大學，另一間則是嚮往已久卻沒去讀的藝術大學。

面對這樣的機會，我會做出什麼選擇，自然是不用再多說了。

然後，就在那個藝大，我擁有了命運般的邂逅。

就是在原本的十年後世界，讓我相當崇拜，人稱「白金世代」的遊戲創作者們。

這群人綻放著耀眼光芒，充滿個性、快樂卻又可怕，我與他們的生活就此揭開序幕——

◇

和歌山縣，白濱町。

我們來到這個擁有關西數一數二海水浴場的城鎮。

暑假的時候跟朋友一起到海邊來玩，一般來說，就是個大學生會做的快樂活動。

「唔……吃不完捏……大家吃咩……」

旁邊白色沙灘上，鋪有藍色墊子，上頭躺著一個女孩子，冒著如水珠般的汗水熟睡中。

不管是用片假名寫，還是用漢字寫，寫起來都同樣是四個字——志野亞貴。

雖然連身泳衣很適合她嬌小的體型，但那對彷彿要脫離胸前似地，強調出雄偉的胸部，正隨著呼吸上下起伏，這畫面實在太……

（令人想摸了……唔！）

每次一動，便有如小皮球般跳動，不只是柔軟，更有著與年紀相符的彈性。看起來好像擁有超強彈力，我真的很想體驗看看，那不管按壓多少次都會回彈的感覺。

啊！用整個掌心去摸也絕對很舒服。如果是用雙手，一定就像是濕濕的手去碰到電池般觸電的感覺，就是像這樣……全身都……

（「啊」什麼「啊」啦，傻眼，真不知道自己到底在想些什麼。）

搖搖頭甩掉困擾，我伸手拍拍那如孩童般的細嫩肌膚。

「喂，志野亞貴，不要睡了，會得日射病的。」

志野亞貴的嘴巴咀嚼般地一張一合，一會兒後終於慢慢睜開了眼睛。

「嗯……？啊，恭也同學，已經吃完飯了嗎？」

還在睡迷糊的狀態，真的太可愛了。

「現在正在等拍攝，吃飯的話，剛剛大家一起吃過烤花枝和炒麵了。」

「是這樣喔？」

「是啊，而且妳還兩種都有吃，好了，快起來，快點。」

就像一個好機會上門，我雙手往她臉上一掐，隨即感受到那新鮮的彈力柔嫩，實在難以想像這是已經出生十八年的皮膚。

「啊，對捏齁，的確是這樣，他們那邊已經拍完了嗎？」

志野亞貴一邊揉著眼睛，一邊抬頭問我。

「還沒，還在爭論。」

「什麼？厲害捏～因為那兩人都是很堅持的人咩～」

打了一個大大的哈欠之後，志野亞貴站起身，又再用力地伸了個懶腰。

「哇……」
志野亞貴的泳衣側邊，有個較大的剪口，使得胸前的布料沒有太多拉扯空間，所以她一伸懶腰，胸部就會因為反彈，好像快掉出來一樣……還柔軟地搖晃著。
我常會覺得，天真無邪的個性再加上這種胸部的組合，真的是太犯規了吧，要是讓這世界上的人都看到的話，感覺就是引人犯罪的源頭。
「志、志野亞貴，妳那個，攝影機，對，攝影機妳顧一下。」
我不能繼續待在這麼危險的肉體身邊了。
「齁，對捏對捏，攝影機是很重要的東西～」
志野亞貴把一旁的大型攝影機拿到自己身旁，看著觀景窗。
「那我就來準備囉，恭也同學，那邊就拜託你了～」
輕輕揮揮手之後，她雙手緊抓住攝影機，開始左右移動取鏡。
不管怎麼看，都好像是比攝影機小的身體被甩來甩去。
（十年後，這女孩子可是能代表日本的畫師啊。）
而且是我相當崇拜的創作人，秋島志野。
但在十年前，就只是個說著可愛博多腔又好相處，但肉體相當具危險性的女孩子而已。
在上學期的功課，我們拍了個三分鐘的短片。

經歷種種意外之後，最後終於還是拍出來了，但現在又有新的課題在等著我們，不但是新的團隊，而且還是要拍五分鐘的短片。

長度多了兩分鐘，拍攝期間卻是只有短短兩個月，比上學期的時間更短。

在如此嚴格的條件下，我們以全新的小組成員面對作業的挑戰，但是……

「妳真的是不懂耶！」

「你才不懂！」

就在志野亞貴鏡頭對著的前方，有兩名爭吵不休的男女。

學生之間的活動少不了爭論，不過大部分都跟情情愛愛有關。

但是現在眼前的這個爭論，絕對不是那麼可愛的東西。

「我就說了！這裡一定要說台詞！就是為了讓累積的情緒好好地講清楚，前面才會拍沉默的情況啊！」

「我就跟你說！這裡絕不能講台詞！不要開口，繼續累積情緒，在瞬間的遲疑一下後忽然笑出來，回個『嗯』這樣才對吧！」

「你們兩個都先停下來吧。」

看他們互相反彈成這樣，還以為之間有磁場作用呢，我在這時插進兩人中間。

「來！你聽我說，恭也！」

男生開始向我告狀。

三白眼再加上細瘦高眺的身形，擁有如岩石般頑固的主張，他就是負責劇本的鹿苑寺貫之。

大概因為打工是做勞力活的關係，他那穿著一件泳褲的身材，不但充滿肌肉，更是呈現小麥色的黝黑肌膚

「這個台詞是特地保留到關鍵一幕才用，這傢伙竟然說要全部剪掉，只帶表情的特寫就結束耶？這樣要表達的東西根本就表達不出去，拜託你趕快說服她好嗎！」

「你說這是什麼話！哪有那麼冗長的高潮，我沒辦法接受！」

這回換女生轉向我了。

柔順長髮高高紮起，信仰如鋼鐵般毅然的教條，她就是身為導演的河瀨川英子。

大概是因為保養做得很徹底，長時間在大太陽底下討論，肌膚還是一樣白皙。透過纏在腰間的沙龍裙，隱約可見底下的筆直修長雙腿，也同樣如瓷器般充滿光澤。即便冒著被踢死的危險，也想湊近看看那雙美腿有多細嫩。

她整個人看起來都很成熟，比起學生，看起來更像社會人士。

「橋場，你可以幫忙說服這個想當作家，卻一點都不懂影像的男子嗎？我告訴你，那個場景要是一直講話，整個情緒會一點也不剩的！」

然而她一開口，大人般的沉穩就會蕩然無存，實在是很遺憾的一件事。

「我不是已經說明原因了嗎！前面都已經這麼長的沉默了，至少最後要好好地講清楚！」

「這又不是小孩子的零用錢，說好不容易存了這麼多，要留在最後一口氣花光，這可是電影的呈現啊！」

「……好了，我知道你們兩個的堅持，但能不能稍微各退一步，或是試圖理解一下彼此？」

「我才不要！」

「不要！」

這回倒是口徑一致地拒絕我死命的協調。為什麼就這種時候這麼有默契啊！

貫之對於自己所寫的作品，抱有強烈的執著和自信。

河瀨川對於電影的知識和理論，抱有強烈的執著和自信。

由老師所編的新組別，把如同水和油的兩個人放在一起。雖然無法得知老師的想法，但應該早就猜到會這樣。

要是進行得順利，或許可以拿出不得了的傑作，但如果事事都走到這田地，製作人的胃恐怕要千瘡百孔了。

「那好，我再給你們五分鐘的時間，想辦法協調出結論。」

總之先表示進入延長賽後，我離開兩人身邊。

……其實我心裡真正的想法，是覺得要吵多久都無所謂，但問題在於時間是有限的。而讓他們清楚這點，就是我最重要的工作。

這次的「新・北山團隊」，成員共六人。

河瀨川英子擔綱導演。

我橋場恭也，擔任製作人。

鹿苑寺貫之負責劇本。

志野亞貴則是負責拍攝。

另外還有──

「讓大家久等了，再過一會兒就會繼續拍攝了。」

海灘遮陽傘陰影下，一名女孩子悠哉地坐在椅子上，旁邊有個魁梧的男子，拿著超大團扇在幫女孩子搧風。

跟劍拔弩張的導演、編劇那邊比起來，這邊則顯得有些悠哉。

一位是擔任本作品主角奈奈子的小暮奈奈子，另一位是副導火川元氣郎。

「欸、欸，怎麼樣？那兩個人能和好嗎？」

魁梧男子火山元氣郎問我。

身高比貫之還高，渾身充滿肌肉，而且還穿三角泳褲，全身上下通通都是那種類型的必備元素，偏偏皮膚卻一點都沒晒黑。

而且火川是很愛操心的人，跟那副體格簡直背道而馳。只見他不斷來回張望，同時還要搧著團扇，畫面實在很搞笑。

「和好……我想應該不可能吧。」

「噢！真假啦！要開打了嗎！果然最後只能互毆比輸贏了嗎……」

擅長運用肉體語言的火山，似乎老是把爭論跟肉搏戰劃上等號。

「不過，我覺得最後還是會妥協的，因為那兩人應該都有在思考如何讓步才對。」

「這樣啊！真不愧是橋場，真的很懂那兩個人耶！」火山佩服地點著頭。

但我內心裡其實是祈禱成分居多，真的「希望他們可以想想看」……

接著，我走到有團扇幫忙搧風的女孩子那邊。

「奈奈子，台詞都記好了嗎？雖然到現在還不知道要不要卡掉那段。」

飾演奈奈子的小暮奈奈子，是這個拍攝現場唯一的演員。

我安撫地輕聲問道，對方隨即露出一個燦笑。

「放心！不要看我這樣，我從昨天就一直在背台詞了。」

她手比了個V，告訴我沒問題。

「太好了，奈奈子就是奈奈子。」

「那當然，我可是用生命在當演員呢。」

只見她鼻子用力一皺，並摘下太陽眼鏡。

鮮豔的比基尼泳裝，相當適合她那立體的五官、明亮的咖啡色秀髮。本人無論外貌或身材都相當出眾，現在這個樣子，看起來就像真的女演員一樣。

（不過……就是那個……奈奈子的身體……）

遠遠超越志野亞貴的豐滿胸部，還有緊實的纖纖細腰，而腰部以下的曲線，也是那麼地帶有肉感。

由於她到剛才都在游泳，仍有點點水珠和沙粒沾附在肌膚上，性感度更是倍增。志野亞貴的身體，讓人強烈地「想摸」，奈奈子的身體則是教人想用手掌「搓揉」，用兩隻手徹底感受那份柔軟。

（太危險……這是怎樣？這裡怎麼全都是一些危險的東西啊。）

雖然外表看似十八歲，但內在的我是二十八歲，差不多是越來越少有機會跟年輕女孩子接觸的時間點。

而且肉體也是十八歲，對這樣的我來說，這個天國實在太刺激了，不只是視覺和嗅覺，連觸覺也想火力全開，因為我身處在一個超越ＶＲ的世界。

「嗯？恭也，怎麼樣？還有什麼事嗎？」

奈奈子奇怪地看著我，我狼狽地別開視線。

「沒、沒事！什什什什麼都沒有，我去看一下貫之他們！」

再次搖搖頭，好讓冒著熱氣的腦袋重開機，同時往貫之那邊走去。

「所以呢？有結論了沒？」

我一問，河瀨川便用力地點點頭並回：「有了」，貫之則是有些不情願的模樣回答：「算吧」。

「決定要保留台詞，不過似乎很有可能在剪接的時候剪掉。」

「當然啊？要是因為顧慮編劇就不下刀，那才要懷疑夠不夠格當導演呢。」

「好了吧！妳也是有同意的，就不要再多說廢話了！要是妳願意閉嘴的話，我們也不會吵成這個樣子！」

「就算現在不說，之後還不是一樣會吵。好了，我們開始準備吧。」

河瀨川迅速把頭往後一轉，準備要開拍。

「喂，我話還沒講完——」

貫之伸長手，抓住河瀨川的肩膀，想要叫住她……但那隻手卻……

「啊！」

「哇哇！」

「噫？」

大概是誤測了距離，三個人發出三種不同聲音。

「呀……呀啊啊啊!!」

莫名可愛的叫聲，響徹整個沙灘。

貫之的手正中河瀨川的脖子，而且不偏不倚就是泳衣綁帶的地方。

不曉得是因為長時間曝晒在太陽光下，布料乾了之後就變得容易鬆脫，還是意外手殘的河瀨川，沒有把帶子綁牢，無論原因為何，事實上結果就是——

「你……你這個爛人!!」

啪———!!貫之臉上出現響亮的聲音。

河瀨川脹紅了臉，起伏不算大的胸口整片露出。

「你、你你你都隨便做出這種事嗎?爭不贏別人就脫人家的衣服，卑鄙到了極點!」

一邊用雙手拚命護住胸前，河瀨川一邊淚眼汪汪地痛訴。老實講，這畫面真是情色得要命。

「這很明顯就是不小心的啊!我、我只是想叫住妳而已!」

「亂說!算了，你走開!」

河瀨川用孩子氣的口吻，朝貫之踢沙趕他走。

接著，她也看向了我。

「幹麼?一副看到稀奇東西的表情!」

「妳怎麼都準確猜中我的心情啊!」

「因為你都寫在臉上了啊！別說了，橋場你也過去那裡！」

她一邊低聲哀叫著，一邊也朝我踢一腳沙子過來。

「哇！總、總之我們先做好準備！」

河瀨川將泳衣的帶子牢牢綁緊之後歸隊，我們終於開始進入跟拍攝有關的話題了。

「那、那就……要繼續拍囉？」

「……好，我知道了。」

帶著仍有些不快的眼神，河瀨川確認起拍攝流程表。

「照順序拍嗎？」

所謂的照順序，就是按照分鏡順序拍攝的手法。

「說得也是，我不想打斷這邊的情緒。」

「那要先走一遍戲嗎？還是直接拍？」

「就這樣直接先拍一次吧，我想把一開始演的那種新鮮感拍進來。」

我點點頭，接著大聲地向周圍宣布：

「聽好，準備好之後，我們就開拍了喔！」

也告知其他的工作人員後，開始著手準備。

「ＯＫ！」

奈奈子在泳衣外披了件外套，並迅速起身。

「攝影機已經都好喏～」

志野亞貴進入備戰狀態。

「曝光ＯＫ，狀態很好！」

火川的大手上拿著小小的曝光計吼著。

「聲音也沒問題了！馬上就可以拍了！」

同時還要負責音響設備的貫之，也拿著收音麥克風大聲回應。

我點點頭並說：

「好，第十場、第八鏡，要正式來囉！」

場記板上寫好數字後，在鏡頭前擺好。

用眼神示意準備都ＯＫ後，再確認河瀨川導演點頭。

「準備……開始！」

乾澀的打板聲響起。

攝影機上亮起的紅燈，把愉快的緊張感驅趕到一邊去。

大學生、海水、泳裝，還有各種充滿渡假村風情的器具當中，我們正在拍攝單調又沒什麼動作的影片。

可是這樣的場景，才是大藝映像學科學生們的日常。

◇

所謂的製作，究竟是怎樣的一件事呢？

重新上了大學，進來到藝大這個地方，我反覆湧上這樣的疑問。

就算是像現在這樣，已經身處在跟製作有關的現場，我還是不停地這樣問自己。

不過當然，始終沒有得到答案。

然而這樣的自問自答和反覆多方嘗試，十分有趣。

一直挑戰沒有正確答案的問題，也令人相當興奮。

雖然還沒得到確切的證明，但我猜得應該沒錯。

我開始認為像這樣的事情，應該就是創作者吧。

橋場恭也，十八歲，大藝大學一年級生。

縱然是曝晒在夏天豔陽下，汗水從額頭涔涔低落的酷暑。

卻是開心又刺激的每一天，而且一個不小心，腦袋還會想怪怪的事情，把這裡當作快樂天堂。

二〇〇六年的夏天，我們熱熱鬧鬧地度過了——

第一章　資料上最強團隊

結果這天的拍攝，一直持續到傍晚。

因為不管是貫之或河瀨川，始終對於引發爭議的那一幕抱有疙瘩。以至於拍攝完成後，我們還是繼續做各種嘗試，然而……

「與其用清爽的海灘和藍天當作背景，我覺得在夕陽西下的逆光場景中，充滿感情地點點頭，這樣的表現比較好。」

導演河瀨川同意了貫之的提議。像這樣按照不同狀況採取應對，也是我身為製作的功能。

拍攝時間要延長，得徵得幫忙擔任臨演的演員的諒解，還要去告知海水浴場的管理人員，而有些工作人員是很遠的地方當天來回幫忙，我也得幫忙查詢車班的時刻表，確認完所有的事情之後，才能發出「延長拍攝」的指令。

結果等拍攝完成，坐上電車時，已日落黃昏。

離投宿的研修住宿中心只有三站。但是因為大家都累癱了，一坐上車幾乎同時開始打起瞌睡。

「呼哇～……」放鬆下來果然就很愛睏呢～」

還存活著的人，比如像是奈奈子，也差不多已經半昏迷狀態。

「快要到了，再撐一下喔。」

「嗯，我知道……可是真的好想睡……」

看來正用力甩著腦袋瓜兒，力抗瞌睡蟲。

「不過，奈奈子從一大早就努力工作，會想睡也是理所當然的。」

奈奈子在這次的作品中擔任主角，場場都有她的戲份。

像這樣吃重的情況，她也是可以抱怨一、兩句，卻只見她始終認真投入在演出當中。

「也不是啦，因為你看嘛，又沒有人可以替我上場，既然這樣，我也只能努力好好演。」

說得沒錯，這次的作品內容，就是設定由奈奈子擔任演員來進行規畫的。

「像這樣表演時是最有滿足感的時候，我就在想，或許自己想做的就是這個。」

奈奈子，也就是小暮奈奈子，來到藝大念書，其實並沒有抱著什麼明確的目標。

因此，像現在這樣因為演技備受稱讚，她應該是很開心吧。

「太好了，奈奈子找到想做的事情。」

「嗯，不過從現在開始還得更努力才行。」

她的口氣像是在說給自己聽似地。

「但如果妳能越來越習慣他人的目光就更好了。」

「……唔，我也在想，這方面要多加油。」

然而，奈奈子卻又是極度害羞的人。

如果真的要當演員的話，對於在別人面前展現自己這點，她還要再大方一點比較好。

「哇！天色已經烏漆嘛黑了。」

我跟奈奈子兩人，透過微開窗戶眺望外頭景色，還聞得到大海的氣味。

那頭昏暗漆黑的海水無盡延展，頓時有點難以相信，這跟剛才充滿藍天、白雲及人們歡笑聲的地方是同一處。

「這裡的氣氛跟大學附近完全不同耶，琵琶湖果然跟海是不一樣的。」

奈奈子很有感觸似地喃喃說著。

出身滋賀縣的她，好像從小時候就一直以為，眼前遼闊的琵琶湖就是大海。

「同樣都是在關西，不過還離滿遠的。」

「對啊，我都有種旅行的感覺了。我聽到要來這個地方的時候，就想說這樣應該不可能當天來回。」

「嗯，不太可能不過夜。」

從大藝到白濱，開車也要兩小時以上。

「而且畫面也拍了不少，你這判斷是對的。」

河瀨川從旁插嘴說道，她不知道是什麼時候醒過來的。

「拍攝流程表的時間也安排得很充分，整個流程很順。」

「謝謝，很高興能聽到妳這麼說。」

畢竟河瀨川本身也當過製作，更是有種備受肯定的感覺。

「不過，還是有想不透的地方。」

奈奈子手按在嘴邊，沉吟思考著。

「是什麼？不是順利拍完了嗎？」

聽見奈奈子的疑問，河瀨川奇怪地看著我。

「就是器材啊。我們是一年級生，器材是不能借到隔天的。」

映像學科會出借攝影器材給需要的學生，規定週一到週五的早上十點開始可以借，傍晚五點前一定要還回去。

一年級生因為對器材還不夠了解和熟悉，認定為沒有長時間攝影的需要，因此被加諸了當天借當天還的義務。

也就是說，就這樣拿著借用的器材過夜是不行的。

「可是，這次卻連器材在內，制訂了三天兩夜的拍攝計畫。不管怎麼想，都覺得很奇怪。」

「聽妳這麼一說……好像的確是耶。」

奈奈子也一臉不解的樣子。

真不愧是河瀨川，果然有注意到這點。

「對了，關於這個，我有事情得要麻煩河瀨川。」

「……你果然在打什麼主意。」

河瀨川嘆了口氣，好像一切都在她預料之中似地。

◇

接著數天後，結束了在白濱的拍攝，回到大阪後。

我正站在深夜的河岸邊工作。

「啊，對不起，目前正在進行拍攝，可、可以麻煩稍等一下嗎？」

用著不習慣的說話方式，對著路過的行人說道。

「啊，那個……現在放人過去可以嗎？」

接著以無線電詢問稍遠處的現場人員。

「可以，現在還在走戲，放吧。」

「好！……不好意思，可以過去了，感謝你們的配合。」

再次舉起交到我手中的發光指揮棒，引導路人前進方向。

大約將近三個小時的時間，我都在做同樣的事情。

「……原來如此。」

身邊的河瀨川，同樣拿著發光指揮棒，理解似地點了點頭。

「原來是來拍攝現場，拜託器材可以借出好幾天的三年級生啊。以幫忙為條件，調整拍攝日程不要撞期，當器材沒人用的時間，就可以借我們拍攝……」

映像學科三年級會開始分專業科目，此後開始製作的作品也會更完整，因此器材出借時間就延長多達一週。

「嚴格來說是不行的，但我也只能想到這個方法了。」

簡單來說，就是轉借的概念。不過話說回來，畢竟也沒有高年級生會願意一下子，就答應借給沒有信賴關係又素未謀面的一年級生……

「所以我從之前開始，就像這樣來幫忙拍攝的工作，想說如果順利的話，應該可以博取一些信任感。」

「能夠按照想法走到這個地步，實在了不起。不過呢……」

河瀨川臉色惱怒地拿指揮棒對著我。

「為什麼要大半夜叫我來幫忙指揮交通！像這種事情，可以叫火山還是貫之那些奇怪的男生來做就好了啊！」

「沒辦法啊，因為對方拜託我要找比較懂拍攝的人嘛，那兩個人實在算不是上呀。」

「如果是要當攝影或燈光的助手，我還能理解，可是現在這樣，根本就跟指揮交通的打工警衛沒兩樣啊！」

河瀨川碎念著火大的話語。

就在這個時間點，剛好又有人要過去了。

「啊，很抱歉，現在正好在進行拍攝……可以麻煩稍等一下嗎？」

河瀨川用熟稔的語氣叫住行人，接著隨即以無線電連絡確認。

「不好意思，有一個人要過去。」

「好，放吧～」

「收到……不好意思，久等了，可以過去了。」

在迅速的導引下，行人也毫無遲滯地經過了。

「果然找河瀨川是找對了，嗯！」

「既然被拜託了就全力以赴而已！不代表我認同這件事好嗎！」

哼！她氣呼呼地回答著。像這種時候，就可以看出她果然是個好孩子的一面。

「……算了，也是因為這樣才拍到想拍的畫面，還是要跟你說聲謝謝的。」

「這是我的工作，我應該做的。」

把拍攝環境準備到讓導演滿意，不用說，那也是身為製作的工作中重要的一環。

「但畢竟是違規的行為，所以只有跟河瀨川妳說而已，學長姊們當中，我也只有告訴製作的人而已。」

「因為有風險嘛。我知道了，那這件事我也會好好保密的。」

就在我們商量好要一起保密的瞬間。

「原——來如此，原來是砸模一回事呀～～～～」

「嗚哇!!」

「呀!!」

背後突如其來一道聲音，嚇得我們同時回頭看。

「唉呀，嚇到你們啦，抱歉溜～」

視線前方站著的，是臉上掛著笑容的陌生女孩子。

「唉呀～我就想說怎麼有一年級生來幫忙，沒有任何報酬還很勤快，還在覺得奇怪的縮～」

這名說話連珠炮般的關西腔女性，怎麼看都像是女子……不對，應該說是女孩子比較正確，體型嬌小長得又可愛。

如果又再說得確切一點的話，就是幼女。感覺說是小學女生也行得通，大概是因為漂色的關係，髮色呈現漂亮的粉紅色，彷彿來自異世界一般。

可是一開口卻是大阪歐巴桑風格，而且大方親切之中，明顯帶著滿滿的嘲諷。

「請、請問……」

「種模啦？看你好像流了粉多汗，有需要一直跑來跑去啊～～？」

沒錯，這種講話方式就是話中有話。

「不好意思，雖然不清楚您是哪位學姊，但是拜託請不要把這件事情說……」

「抱歉，我們真的很需要用器材，所以……」

河瀨川也配合著我的話，跟著低頭拜託。

該名女性發出「呼兮兮兮」的笑聲後，體貼地回答道：

「好囉啦，好囉啦，一年級的時候借器材真的粉傷腦筋～～身為學姊我也速明白的啦，就幫你們保密囉～」

「太、太感謝了！聽到您這樣說我們真的是……」

「欠我一次囉。」

「什麼？」

「欸，對吧，欠我一次，下次看什麼時候再還我溜。」

不過，瞬間又展現出如南大阪金融業者的冷酷嘴臉。

「跟你們縮，我叫登美丘罫子，大家都叫我小罫，所以你們也就這樣記溜。」

「好、好的。」

「亨好，亨好。」

小罫學姊帶著笑容，踩著拖鞋，趴搭趴搭地走在深夜的道路上離去。

「這、這該怎麼辦，這……？」

就連天不怕地不怕的河瀨川，也不安地看著我。

「就看欠她什麼了，希望不要是還不起的東西就好……」

在這種情況下，除此之外我也吐不出其他的話了。

◇

拍攝完的隔天。

由於傍晚才上課，我便去美術研究會的社辦打發時間。

「杉本，準備好了嗎？」

在迎新聚餐上一邊跳舞一邊嘔吐，這位舞台藝術學科的柿原學長，朝著樓下大喊。

「還沒！柿原學長你先去吧，我等一下就跟上！」

杉本學長也不遑多讓地大聲回應。他是曾經以絕讚美聲熱唱《橡果滾呀滾》的音樂學科學長。

「要快點來喔，沒有全員到齊的話，那些傢伙又要囉哩囉嗦的了！」

匆匆忙忙地把手邊的資料全都攏齊。

「那麼部長，我就先過去一下。」

說完直接衝了出去。

「大家好像很忙的樣子。」

身為部長的桐生學長聽到我的話，便以懶洋洋的語氣回答：

「大家在準備學園祭啊，因為就剩三個月了。」

學長是很怕熱的人，說話的他，上半身就趴在轉到「強風」的電風扇上。

「啊啊，學園祭啊，原來大藝也有。」

聽見我隨口的應和，桐生學長身體連同電風扇轉向我說：

「也太不起勁了！阿橋你不知道嗎？這可是大藝的學園祭耶！」

還想說他是在吼什麼吼，接著他卻突然開始講起學園祭的歷史。

「我們學校的學園祭活動呢，可是盛大到有學生會在這裡想一整年的喔!!」

該活動的歷史如果回溯到大學開校當初至今，已經舉辦將近四十年了。

雖然不是強制性的活動，但總數將近八千名的學生，卻幾乎都會投入。很有藝大風格的話劇、獨立電影，還有特技表演或是展覽活動，通通都以高水準聞名，甚至吸引很多關東藝術類型大學的人來參觀。

大藝大的校園往東西兩邊細細伸長，更有許多斑駁的水泥建物，但在這期間，都會包裹在各種五彩繽紛的裝飾下，異樣的光景幾乎讓人不禁聯想到九龍城寨。

而當中最為出名的，就是賣餐點的攤位。學生與在地業者攜手合作，滋味是足以登上美食雜誌的水準。因為要是拿出半吊子的東西，社團的評價就會一落千丈，甚至影響到隔年的入社人數，因此不少學生前仆後繼地把學園祭視為一場「戰鬥」，將身為學生的本分拋到腦後，認真埋首鑽研餐飲經營。到最後，甚至有很多OB、OG變成專業餐飲業者，畢業後也從事與活動慶典有關的工作。

其實到幾年前，校方都還允許公然販賣酒精飲料，但因為每年都會惹出大麻煩，直到最近不得不喊卡禁止。但是反而因為這樣，更使得非法的地下居酒屋蓬勃發展，最後一天的傍晚更是到處瀰漫著酒味，儼然已經是這個季節的風物詩了。

「為期三天的活動就有三萬人來參加，在這個人口稀少的南河內周圍地區，規模大到讓人難以忽視所帶來的經濟效益。像這樣的活動，有不參加的理由嗎？」

「……這也太誇張了，我開始期待起來了。」

先前都沒什麼興趣的的學園祭，突然變得具體，十一月又多了一樣值得期待的事情了。

「不過，就因為是這麼大的一個活動，準備起來也真不是開玩笑的。很多人從這時候開始，就已經忙得不得了了。」

準備時間根據企劃內容的規模大小不同，據說有人從上學期就開始準備了，簡直就是全校總動員的大型展演。

「美研準備要做什麼？」

「這、這個嘛，今年什麼都還沒想。」

「噎？可是杉本學長、柿原學長，看起來不都像是在準備什麼一樣嗎？」

「因為他們是學園祭現場表演執行委員會的啊。」

「學園祭現場表演？」

「你真的什麼都不知道耶。在學園祭的最後一天，中央廣場特設舞台會有大型現場表演活動。」

「啊，我在學生報紙上有看過，原來就是那個。」

學園祭的最終日，將以大型演唱會迎來活動的最高潮。

除了輕音社之外，還會找來許多校外的樂團，因此無論是參加人數或熱烈的情況都會更加盛大。

「因此在這個時期，才會看到有很多社團以外的人出出入入。」

「原來是這樣。」

我一邊回應著桐生學長的話，但心裡還是一邊記掛著昨天的事情。

雖然對方說會保密，但是之後會怎樣還是很難講。

「那個，桐生學長。」

「怎樣？」

我將昨天遇到謎樣學姊的事情，告訴在電風扇前面一動也不動的桐生學長。

「嗚哈哈哈，你又被奇怪的學姊纏上了啊。」

聽完來龍去脈後，桐升學長愉快地拍著膝蓋大笑。

「畢竟我們這裡也只有奇怪的學長姊，讓我為你掬一把同情淚。」

明明自己也是其中之一，還真敢講。

「這一點也不好笑，要是被老師知道了，真不曉得會受到什麼懲罰……」

嗯，桐生學長點點頭。

「所以就是要看那所謂的『欠』，到底是怎樣吧？」

「嗯——對啊。」

可是到最後，關於最重要的該怎麼『還』，我還是一無所知。

「但是，不知道對方底細也沒辦法應對。」

雖然問了其他學長姊，卻沒有任何人有詳細資訊。認識她的就只有那天的攝影隊代表，不過也只得到「喝酒認識的」這樣的情報。

目前就還是個謎樣般的人物。

「桐生學長有認識這樣的人嗎？畢竟還滿顯眼的。」

我盡量把特徵描述得清楚易懂，像是染粉紅色的頭髮和嬌小的身軀，以及穿著輕鬆的服裝等等。

「粉紅色頭髮啊？感覺越來越難找。」

「是啊，大概吧。」

「有沒有相似的動漫角色？如果從這點下手比較可以想像。」

「就那個啊，鹿目……」

不妙，差點把那個交換契約的魔法少女名字說出來。這部作品五年後才會出現在這個世界上。講到要舉例的時候，所具備的未來知識反而會造成不便。

「你說誰？」

「啊，就是……把魔法少女奈葉的頭髮換成粉紅色，再稍微短一點的感覺。」

雖然說這一個的模樣比較沒那麼貼切，不過舉這例子應該就能明白吧。

「跟粉紅短髮的奈葉長得很像的ＴＯＭＩＯＫＡ　ＫＥＩＫＯ學姊……映像學科的四年級還三年級裡，有這種人嗎？」

重新把各項條件都排出來之後，發現有相同特徵的人多到爆炸。

「染粉紅色頭髮的姊姊，在藝大可是有很多的呀。」

「也是……說得也是。」

雖然這是最明顯的特徵，但畢竟是在藝大，這類型的男孩女孩多到跟山一樣。就連有些老師也染粉紅色頭髮，不是什麼稀奇事。

我跟桐生學長兩人歪著腦袋苦思。

「不是三年級也不是四年級啦，我是OG，就是畢業生地溜～」

社辦的門突然被推開，那位TOMIOKA　KEIKO學姊本人登場了。

「登、登美丘……學姊？……」

下意識地用力站起身，迎視這號人物。

「嘿對，我來打擾一下囉。」

學姊毫不客氣地走進社辦。

我身旁錯愕的桐生學長，突然爆出這麼一段話。

「阿橋你這個大騙子！你剛那樣說，我還以為是什麼恐怖的次文化女孩子咧，其實根本是個超可愛的幼女嘛！」

「我、我又沒騙！我承認看起來是很可愛的幼女沒錯，但實際上就真的很可怕啊。」

一邊發出「嘿依咻噗哧」的聲音，小罫學姊一邊迅速往社辦的椅子上坐下，與其說像大媽，那個聲音實在比較像是老頭。

看見她這副堂而皇之的模樣，桐生學長似乎也總算理解到我沒說錯了。

「阿橋。」

「怎麼了？」

「我只能說你的報告是正確的。」

「我不就跟你說了嗎？」

「所以，那個……小罫學姊是怎麼到這裡來的？」

還是先確認一下狀況好了。

「啊我就跟旁邊的人縮名字跟學號，一下子就找到這裡來了吧？」

……看來個資什麼的，根本早就四處外流了。

不過，還真沒想到她會突然找來社團這邊。

「原來你是在美術研究會，啊不知道廣江還在不在齁？」

「廣江學姊嗎？她兩年前就已經畢業了……」

「叭噗啦，廣江那個小鬼頭已經有重麼老囉？嚇死！」

如果兩年前畢業的人，是她的學妹的話……

（所以就算看起來再年輕，也應該有二十五歲了吧。）

不過眼前的學姊，乍看之下年紀實在比我們還要小很多。

大概是被身高、舉止和長相影響，她就是給人幼齒的感覺。

「那個，登美丘學姊。」

「唉呦幹麼咧，叫我小罫學姊就好溜。啊不對，年紀比較大的人，要你加個

『小』字可能太勉強，不然我讓步一下，給你們叫『罫子學姊』腫磨樣？」

「那就罫子學姊好了。那個，我是一個很窮的學生，像現在每個禮拜都有四天要打工。」

「嘿啊，你在那個朵森的常盤町打工對不？跟一個胸部超大的女孩子一起。」

竟然連這個都知道！

「是的，所以我沒有錢，因此不管學姊再怎麼威脅我，我都沒辦法用錢來付。」

懇切地告知自己沒有錢的景況。

「啊你是在縮蛇磨？我又沒有要你給我錢。」

不過罫子學姊卻傻眼地否定了我的話，還說：

「啊啊！原來如此～是在講昨天『欠我一次』的事喔，嗯嗯。」

用力拍著膝蓋露出賊笑。

「如果縮是那個的話安啦，不會跟錢有關的啦。」

「噎？那到底是……」

雖然說對方否定關乎金錢，可是健康的人體或擁有的東西，很多都是可以換成錢的。

像是角膜啦，臟器啦，或是老家的土地等等，我在成人色情遊戲公司時，拿這些驚悚的東西來交易而借到錢的，可是大有人在。

「我想要的咧，是你那一手啦。」

「手……？」

聽到這話，我不禁仔細聽著我的手瞧。

我的手沒有特別肥美，也沒有什麼肌肉，看起來也不是特別好吃。難道她有直接出口手腕作為移植用的門路？

「你是拔是又想講吭磨還不起的蠢話咧？我的意思是縮，我想要借用你在『製作』方面的那一手才能啦。」

「製作方面嗎？」

「嘿對，要說得更明白點的話，應該算腦力勞動溜。」

又再次出我意料。

如果要靠年輕的優勢，應該是做些體力活，或是逼去捕鮪魚船，又或者是當司機載去拍攝現場等等之類的。

可是學姊要的是我的腦袋，我的想法。

這到底是怎麼一回事呢？我還沒來得及細想，學姊又開始繼續說道：

「我正在製作遊戲。」

……………………

……她說什麼？

「就想縮縮不定你有經驗？就碰碰運氣……畢竟像瑪蕗歐或索爾達傳說之類的，還是有玩過吧？」

其實，我在回答上顯得遲疑，並不是有沒有玩過這件事。

過去我玩遊戲玩得很凶，就是因為玩得太過火了，現在才想要保持點距離。

而且自從來大藝念書之後，我就刻意避免跟電玩遊戲有交集。因為有太多其他想學的東西了，況且時間也還沒久到可以消除我內心對遊戲的陰影。

「我是知道……不過也沒不是說那麼有興趣。」

所以在這時候，我打算乾脆保持點距離。

「免在意免在意，只要知道就好溜。我做的算是同人遊戲，做好用ＰＣ玩的遊戲後燒到ＲＯＭ，然後擺攤賣或是拿到店裡賣。」

這我很清楚，以前我也買過，甚至是去幫忙過。

「我們這個社團叫『怪誕蟲遊戲』，規模還算是不錯大啦。」

怪誕蟲遊戲……怎麼有點耳熟的感覺。

「什麼……!?」

一直在後面看著的桐生學長，整個人站了起來。

「怪誕蟲遊戲!?在這邊造成無數次大排長龍的那個社團？」

「哦？有人知道的話，接下來就比較好講了溜。迷錯～」

聽見桐生學長的話，我也找回清楚的記憶了。

怪誕蟲遊戲，一般稱為怪誕蟲的社團，主要擅長二次創作的動作遊戲，專門做一些本來在ADV領域，不是那麼有名的格鬥遊戲或是射擊遊戲，因而擁有不少狂熱粉絲。

雖然在我進入遊戲產業的時候，這社團就已經停止活動了，但包含來歷不明的謎樣工作人員在內，據說也有知名業者的設計人員匿名參加。

沒想到眼前的罫子學姊，竟然也是其中一人。

「可、可是，這麼厲害的社團，為什麼要找我去？」

聽見我的疑問，罫子學姊微微一笑。

「看到你在拍攝現場的指揮和借器材的智慧，認為你是個可用的人才，所以就跟朋友打聽你這個人，然後抓住你的弱點進行挖角。」

堂而皇之地坦白說出脅迫的事實，卻令人感到愉快。

「而且，我們社團沒有固定的監製，就換血的意義來縮咧，也算正當囉。」

罫子學姊嚴肅地看著我。

「如何？願意參一腳嗎？」

她改用邀請的方式。

過去自己就一直是在當遊戲監製了，不但清楚怎麼做，也有相當程度的自信心。

如果現在要開始新的挑戰，想嘗試的事物還很多。

這不是什麼壞事，絕對不是壞事。

但是……

「抱歉……我現在不太能幫這個忙。」

「為蛇磨啊？我們一定會付你薪水，而且只要不影響到上課，不就好了咪？」

學姊的表情顯得有點僵。

如果這不是遊戲製作的話，自己就會馬上答應幫忙。

如果拍片現場或是劇團舞台搭設的話。

但唯獨遊戲，自己現在不能去碰。

因為那不是一下子就可抽身回來的東西。

「我有我自己的原因。對不起。如果是其他方面，不管什麼我都會全力幫忙，唯獨這個，我不太方便……」

社辦裡飄著緊張的沉默。

過一會兒後，罫子學姊表情和緩了下來。

「……這樣啊，看來四有吭磨原因，總之，你回心轉意的話再跟我縮吧，欠的人情就留到那時候還溜。」

學姊以令人驚訝的溫柔語氣說著。

「這是我的名片，上頭聯絡方式可以找到我。」

放了張印有社團標誌的名片，說完「好溜，再會……」就離開了。

暴風過後，我和桐生學長面面相覷，同時癱坐在椅子上。

「怎麼覺得好累啊……雖然外表跟聲音都很可愛啦。」

「就是說啊……雖然外表跟聲音都很可愛。」

不同於那可愛的外貌，本人是個充滿力量的人。

不過曾經以為已經脫離的遊戲世界。

現在卻又接上了緣分，真是相當奇妙的感覺。

◇

我橋場恭也、鹿苑寺貫之，還有志野亞貴及小暮奈奈子，同為映像學科的同組製作成員，四個人在北山共享住宅，一起過著合租的生活。有廚房和飯廳的四房公寓，而且浴室和廁所是分開來的，租金卻相當便宜，基本上我們都很滿意在這裡的生活。

然而一到盛夏，就很難說出這樣的話了，因為我們必須力抗高溫。

北山共享住宅並沒有裝設冷氣。十年前的世界當然已經有冷氣了，簡單來說就是房東小氣的關係。

而大阪南河內的夏天高溫，卻又是非比尋常地酷熱。或許是因為盆地地形，造成熱氣滯留其中，學生們全苦不堪言。最後就是害得學生們，都只待在有冷氣的地方。

例如堺市北邊的咖啡店「ＵＳ」。很多餐點都便宜又大碗，而且開到早上，很多大藝大的學生都知道這家店。

由於冷氣夠涼，我們最近也常常往那裡跑。

「啊啊啊河瀨川！那傢伙到底是怎樣啊!!」

某天深夜，天氣已經夠熱了，貫之還在那邊鬼吼鬼叫。

用湯匙鏟著巨大的蛋包飯，一口口往嘴巴裡送。

「我都已經同意刪掉最後一幕的台詞了，她現在連其他場景的台詞都給我剪掉一大堆，到底是怎樣啦！嗝！」

煩躁地一口氣吞下蛋包飯，再一口氣用力打出飽含戰鬥之氣的嗝。

大家雖然傻眼，也只能苦笑看著貫之發火。

「好了好了，河瀨川也不是因為討厭你才這樣的。」

「廢話！如果是因為討厭我的話，我早就正面跟她對決了！」

拍攝完畢後的課題，已經全都開始進入後期製作（拍攝後的作業流程）了。

今天因為試映的關係，河瀨川把剪接後的成品放給大家看。

……結果因為毫不客氣地剪掉不少台詞，讓貫之大為光火。

「不過，貫之也還是有看完吧？」

志野亞貴表情冷靜地看著貫之。

「有啊，那當然。」

「那你覺得怎麼樣？有什麼感想呢？」

貫之「嘖」了一聲，臉看向窗外並背對我們。

「……要是無聊的話，我才不會這麼煩躁。」

他小聲地這麼喃喃說道。

看著他那副模樣，其他三人都看著彼此笑了。

「喂，笑什麼笑啊！我是因為自己寫的劇本被刪掉覺得很受傷好嗎！」

看著向大家告狀的貫之，奈奈子傻眼地說：

「所以恭也就是因為知道你這麼受傷，才大半夜找大家一起吃飯啊？大家都來陪你，你得好好感謝才行。」

「奈奈子，妳有很多片段也都被剪掉了，妳都不覺得怎麼樣嗎！」

「不會啊，只要能變成好作品就好了啊。」

「可……」

因為太不甘心，話都卡住了。

「可惡！可惡！哪天一定要讓那個大小姐導演，來跟我低頭拜託，求我照著這個劇本拍！」

不停噴著憤恨的話語，然後又開始再次用力鏟起飯來。

「唉，貫之你啊，只要一遇到跟劇本有關的事情，就會非常認真。」

奈奈子夾雜著嘆息說道。

「……因為我不想輸給任何人啊。」

拿著湯匙的手瞬間停住，貫之低吟似地碎念著。

「放映會結束後，接著馬上要換學園祭了，比想像中還快呢。」

一邊看著店內掛的月曆，一邊稍稍改變了話題。

「恭也我問你，你有想說要在學園祭的時候做什麼嗎？」

奈奈子眼睛閃閃發亮地問著。

「噎？沒有，因為我們社團沒有特別要做什麼，大概就是留下來顧美術展之類的吧。」

「是喔，沒有煎好吃燒或是可麗餅之類的嗎？試試看啊，好不好嘛？」

就算這樣跟我撒嬌也沒用啊。

之前的大學生也曾經幫忙過擺攤的事情，可是為了擺攤還非得去保健所做健康檢查，記得有很多麻煩的程序。

而且話說回來，學生應該不能以個人為單位提企劃吧？這點也是得先確認才行。

「所以奈奈子，妳是想做做看這類的嗎？」

「我？沒有啊，我沒有要做。」

奈奈子揮著手，毫不猶豫地否認。

「噎？可是妳剛不是說想試嗎？」

「不是啦，我不是那個意思，我是喜歡看朋友煎那些東西的樣子。恭也你那麼會做菜，一定很有模有樣，可是看到不習慣做餐飲的人圍著圍裙，在那邊跟可麗餅奮鬥，不覺得很有趣嗎？」

聽她這麼一說，好像也有道理。

「好像渾有趣捏，人家我也想做看看鬆餅咩。」

「志野亞貴很適合！一定會有很多喜歡妳的客人上門。」

「那要善後可就麻煩了，絕對是的……」

不過光是想像就可以討論得這麼熱烈，要是等到學園祭真的登場了，一定更加歡樂吧。

「貫之，你覺得學園祭怎麼樣？」

向正在跟大量蛋包飯奮鬥的貫之問道。

「啊啊，我大概要打工吧，畢竟也沒什麼想看的。」

一副沒什麼興趣的樣子，他毫不猶豫地回答。

「貫之，你的人生真是無趣耶，希望你能多點刺激和快樂。」

「妳閉嘴，我只要寫作就感覺人生充實了，我才不想跟奈奈子妳一樣，過著沒有穿情色變裝圍裙就不夠刺激的人生咧。」

「笨、笨蛋，你在說什麼啊，我哪會做那種事啊！」

奈奈子脹紅臉怒斥。但假如成真的話，應該也會跟志野亞貴一樣，出現多如山般的棘手客人吧……

◇

我在暑假一開始，就去考了汽車駕照。

在大學生團體中，只要有人可以開車的話，行動範圍就會一口氣擴大許多。北山小組也是一樣，像隔壁縣的距離都可以隨意來回。

不過當然，也是看加油錢對分的情況。

無論如何，在我的駕駛之下平安回到了北山共享住宅。

「要在客廳喝個茶嗎？」

我問了問在回程車上也一直談論電影的貫之。

「喔，好啊，就來喝個……」

貫之話講到一半，行動電話突然響起。

「喂喂……我說媽，不是跟妳說過不要打電話來嗎？」

貫之的口氣明顯一變，聽起來冷漠而無情。

我突然意識到，這好像是他第一次在我們面前接家裡打來的電話。

「我重新打回去，先掛了。」

切掉行動電話後。

「抱歉，我出去一下，下次再聊。」

「啊，嗯……」

大概是不想讓我們聽到對話內容，貫之拿著行動電話走到外頭。

「我也來睡好了，明天第一堂就有課，今天也差不多該休息了。」

奈奈子也揮揮手，走回房間。

客廳裡只剩下我跟志野亞貴。

「呃……那個……」

倒也沒有特別做什麼，卻存在著莫名緊張的氣氛。

唯獨冰箱的馬達聲，聽起來異常地大聲。

「恭也，現在有時間嗎？」

沒想到志野亞貴這麼問道。

「嗯，是沒什麼事情要做……」

上課也沒特別要準備什麼，剪接工作也是由河瀨川負責，我沒必要去碰。

沒有家務事要忙，很難得地完全空檔狀態。

「那這樣的話，可以來我房間一下嗎？」

「噎……!?」

這還是第一次。

過去也曾為了要拿寄來的東西去給她，或是去叫她吃飯而進到她房間。

但她從來沒有主動叫我進去過。

正確來說，我這輩子到現在還沒有被女生邀約過的經驗……!

「嗯、嗯，那個，進去妳房間要做什麼？」

大概是因為事情來得突然，情緒頓時有點亢奮過頭，就說出了這樣的話。

（我在說什麼啊！竟然問要做什麼，也太直接了吧……!）

正當我在內心深深懊惱自己說的話時……

「我想給你看看我最新的繪圖。」

「什麼？」

「我花了很多時間和心血才畫好的，但就是覺得哪裡怪怪的，因為看不出來哪邊畫得不好，所以才……」

志野亞貴難為情地看著我。

「而且你說過喜歡我的畫，才想說可不可以拜託你，所以不行咩？」

一聽到最後的問句，我隨即用力搖頭並說：

「才、才不會！我非常想看，我很想看妳畫的畫！」

連同羞愧的妄想成分在內，我卯足全力表現出否認與期待。

「太好了，那就麻煩你上來一趟囉。」

志野亞貴蹦蹦跳跳地爬上樓梯。

直到看不見她的身影，我才不由自主地拍撫著胸膛。

「太好了，沒有說出什麼多餘的話……」

◇

再次進到志野亞貴的房間，該怎麼說呢，用一句話來形容的話……

「房間像魔窟一樣真抱歉捏，我東西太多了，實在不知道該怎麼收才好咩。」

就像她說的一樣。

「不，沒關係，沒關係，別在意。」

話是這樣講，但前後左右的書本和畫具，都是以微妙的平衡如積木般堆疊起來，在這樣的包夾之下，不管做什麼都莫名地緊張。

這裡真的有好多跟繪畫有關的各種東西。

從風景攝影集到人物攝影集，建築、時尚的書和素描本，以及各式各樣插畫師和畫家的畫冊。

並沒有特別著重某個領域，而是廣泛地吸收，光是想到就是這種貪欲成就了秋島志野，我就感慨萬分。

「我說的就是這個。」

打開檔案，一張鮮豔的插圖頓時在整個畫面展開。

「嗚哇……」

冬天，一整片的銀色世界。被點綴成雪白的田園風景，整整齊齊地遍布著。或許是將近融雪季節，構圖深處橫掠著湛藍青空。少女包裹著圍巾與大衣，只見那格子裙翻飛，朝著我淘氣伸著舌頭，並準備丟來一顆雪球。

「福岡的九州捏，偶爾也是會下雪的，我是一邊回想著那情景一邊畫下來的喲……」

志野亞貴的聲音聽起來好遙遠，因為我已經看著這一副畫看到入神了。

秋島志野的繪畫魅力，簡單用一句話來形容就是「故事性」。

從一幅畫可以延伸想像的相聯性與世界觀，就存在於充滿壓迫感的構圖能力中。而且並非暴烈地強調，而是以溫柔的訊息，自然地傳遞給正看著這幅畫的人。

在十年後的世界，正確來說是八年後。我曾經去過她——秋島志野的個展。

而當時的我，不知道有多少次呆立在畫前。那是因為我被囚禁在這強烈的故事當中，久久無法回到現實。

現在，那些畫的原點就在我面前。

我心中湧了上來有如踏入異世界般的衝擊。

「恭也……？」

志野亞貴有點不安地盯著我瞧。

「怎麼了？你看得好認真的，是有什麼在意的部分嗎？」

「啊……抱歉，不小心就這樣了。」

這時，我好不容易才回過神。

志野亞貴認為這副畫有哪裡怪怪的，可是我完全看不出來是哪裡不對勁。

「嗯……」

站在螢幕前面，皺著臉陷入沉思。眼睛一下睜得老大，一下又閉上，有時還變換角度觀察。

是構圖嗎？色彩濃淡嗎？還是……

志野亞貴一直看著我這些表情。

「啊……」

然後好像注意到了什麼，隨即握起繪圖筆。

「妳想到了……嗎？」

沒有回答我的問題，志野亞貴只是靜靜地動著筆。我一邊後悔著插嘴說話，一邊專注看向著畫面。

這還是我第一次在這麼近的距離看她畫畫的樣子。總之，就是不斷動著繪圖筆。就連我剛剛覺得不錯的線條，也陸陸續續消失後存檔，而且新生的線條無疑又比前面的成品更好。

（根本是神……）

日後會出現神繪師這樣的形容詞，現在我莫名相當認同。從無的狀態到孕育出這樣的作品，如果這不叫神，那什麼才叫神呢？

「……好了。」

呼……地吐了口氣後，將筆放到桌上。安靜的房間裡，只有繪圖筆滾動的聲響。

志野亞貴修正的部分，是女孩子的表情。女孩子吐舌頭微笑的那張臉，變成閉起嘴巴、張大眼睛，開心歡笑著的模樣。

「好厲害……」

剛剛還覺得完美的繪圖，現在卻已成了過去式。看她這樣一修正，就看得出來先前插畫中的表情對上姿勢有些許的不自然。

「好厲害，這樣很棒喔！換成這樣的表情後，感覺整幅畫都變得很有活力！」

「真的？那我就開心了捏〜」

志野亞貴樂得拍手。

「因為看到恭也不停換著傷腦筋的表情，我就在想說該不會是表情出問題吧，看了畫之後就發現就這部分特別突出。」

竟然是從這種地方發現那個需要修正的點啊……

「不過，跟我想畫出來的東西還差得遠捏。」

她從椅子上站起身，走到房間門口附近的那座書山。

接著，一屁股坐了下來。

「恭也，你看這個。」

她遞出一本畫冊。

我也照她所說，移動到她身邊並打開畫冊。

這是一本以人物和風景的組合為主題的攝影集。

無論哪張照片，通通都是日常生活中一個不經意的畫面。但是，我卻感覺到從中透露出無限的故事。

「我覺得我好像知道妳想要表達的意思了，很多東西從照片一直不斷湧出來。」

志野亞貴聽了也點點頭。

「我希望有一天我的繪畫也能做到像這樣，不過現在完全沾不上邊。」

她納悶地歪著頭。

「是我人生經驗不夠咩……」

「又踏進了另一個驚人的境界……」

聽到一個不過十八歲的人這樣說，實際上二十八歲的我無法回半句話。

但唯獨有件事，我可以告訴她。

「有一天，妳一定可以做到的，只要妳繼續畫下去。」

「真的嗎……」

「真的，一定會的。」

……所以拜託妳不要放棄畫畫，拜託妳千萬不要這麼做。

或許這是粉絲任性的期待，但只希望她還能帶著希望繼續畫下去。

「不然，我就試著聽你的話好唄——」

志野亞貴開心地笑了。

「啊——好久沒看了，果然是本好書捏，想好好認真來看一下。」

她抱著攝影集，頗有感觸地喃喃唸著。

PHOTONIA

「嘿咻，嗯。」

「啊，志野亞貴，妳這是？」

志野亞貴移動到我眼前，然後就這樣把身體靠在我身上。

「嗯呵，恭也變成和式椅了捏～」

她用悠哉的口氣說著，然後又這樣開心地看起攝影集。

「不是，我說妳……」

沒有絲毫反抗餘地，胸前和腹部感受到從志野亞貴背後傳來的熱氣，空氣中洗髮精的柔軟香氣搔動著鼻子。

只要我想的話，伸出雙手就能抱緊志野亞貴了。對方甚至毫無防備到這種地步。

「好期待學園祭捏～恭也，有時間的話，我們一起去逛逛咩。」

「啊、啊啊！對喔，當然好……」

心不在焉地回答，而內心當然不是在想學園祭的事情。

現在首先要集中精神，免得雙腿之間發生什麼可怕的變化。

「唔、唔唔……」

這到底算是什麼？酷刑？誘惑？我正被誘惑嗎？

正因為是志野亞貴，她一定覺得就只是姊弟間鬧著玩而已。她如此毫無防備實在讓人很想死。

「志、志野……」

一邊用沙啞的聲音叫著她的名字，顫抖的雙手一邊小心翼翼地靠近她的身軀。

（輕、輕輕放在身體兩側看看，先從這樣開始。）

一步步來挑戰吧！就在我抱定決心的這個時候。

這股寂靜突然被打破。

叩叩叩。

「啊！」

「噎！」

突如其來的敲門聲。

「志野亞貴，妳的信混進來我這裡了，我拿來給……」

是奈奈子相當開朗的聲音。

「咦？」

還沒等到回應就用力推開門，只見釘在原地的奈奈子及緊密貼合的我們。

我就這樣張大眼睛僵住，志野亞貴則是笑吟吟。

接著奈奈子——

「啊、啊哈哈哈……討厭啦，這種事你們早點講嘛。」

「聽我說，不是啦，不是妳看到的這樣，奈奈子。」

絲毫不理會我的辯解，奈奈子雙手抱胸，不住地直點頭。

「原來如此，恭也，原來是這樣啊，嗯嗯，也是可以理解～」

才看到奈奈子臉上露出壞心的賊笑。

「抱歉打擾了!!」

就見她一個縱身衝下樓梯了。

「不、不是這樣的，奈奈子，妳誤會了啦，根本都還沒開始啊！」

「啊，奈奈子，謝謝妳幫我把信拿過來捏～」

「為什麼志野亞貴妳一副老神在在的模樣啊!?」

◇

至於下學期要提交的功課，在歷經可以說是有助益的衝突波折後，算是拍出了有趣的成品。就我個人來說，擁有值得尊敬的朋友們，在意的女孩子就在身旁，可以說沒有比這更充實的日常生活了。

把偶發的意外當作是活動一樣來享受，像這樣過著極為平和的學生生活——本該如此的。

第二章　我想做的事

下學期開課後約莫過一個禮拜，就舉行了作品放映會。

這回因為製作時間較短，因此並沒有把難度設定得太高。但是，這是在嘗到製作電影的樂趣之後的第二部作品，聽說現在能推出好作品的團隊，在畢業的時候也會得到較高的評價，因此大部分學生在製作過程都相當用心。

就連放映會會場也聚集了許多學生，幾乎無人缺席。

「好了，大家都到了吧？」

加納老師環顧著教室。

「放映順序、評審方式都跟上次一樣。我想，你們應該有很多話想說，譬如製作時間太～短、突然要拍五分鐘的片長太難了～但通通都先忍著，等到慶功宴再來說，好嗎？」

會場揚起了笑聲。

「這次也一樣會排名，將提出最好的前三部作品名進行評審，努力拍片的團隊，就敬請期待吧。」

在無法平息的嘈雜聲中，我們這組的氣氛顯得相當良好。

「噢，感覺這次應該可以拿個第一名吧！」

火川好像是因為上次沒有得到太好的名次，這次似乎相當期待。

「畢竟是由上次第一名跟第三名的成員所組成，不積極一點搶下怎麼行呢？」

貫之也已經重拾好心情，期待著放映時間的到來。

「真期待大家的評價捏——」

「啊——興奮！真是的，有什麼辦法紓解這種尷尬的感覺～」

志野亞貴和奈奈子也都各自有所期待。

已不復見上學期作品放映時候的緊張感，大家顯得一派輕鬆。

「河瀨川妳覺得……」

我望向坐在身旁的河瀨川。如果是平常的她，一定會覺得拿下第一名是正常的，甚至不如說會有多盛氣凌人……

但是。

「……」

那個河瀨川卻是一臉緊繃地默默看著螢幕。

「河瀨川，怎麼了？」

「咦？啊，沒什麼啊。」

河瀨川的回答明顯相當含糊。

「妳有什麼擔心的事情嗎？是作品當中還有什麼沒處理到？」

「才沒有呢，雖然多少有些覺得可惜的地方，但那不是我可以處理的。」

真難得，河瀨川很少會有這種模稜兩可的評語。

「……是這次放映的其他作品當中，我有稍微比較在意的作品。」

「在意的？」

「對，總之不是你需要擔心的事情。」

正當我想問是哪部作品的時候。

「啊……」

剛好蜂鳴器響起，燈光暗了下來。

◇

新・北山團隊的作品是倒數第二部放映。

奈奈子所飾演的少女主角，從小就在海邊出生、長大，始終認為自己會永遠待在那裡。

但是，當她遇見了來自都會的少女，她的世界也逐漸一點一滴地開展，最後為了追求新世界而離開城鎮去到外頭……就是這樣的故事。

貫之的台詞令人留下深刻印象，而志野亞貴的運鏡構圖也確實地傳達了情境。

不過最值得一提的，就屬河瀨川的執導和剪接。

雖然我們上學期的作品也是這樣，但她的工作毫無任何疏漏。

沒有多餘的場景，畫面的剪接方式也是一絕。

就算故意要雞蛋裡挑骨頭，像這樣的方式也應該沒有任何可挑剔之處。

「成果出來很好……對吧。」

我想這樣的評語就是最適當的了。

然後，終於播完了。雖然已經幾乎是接近最後一部的順位，但會場中仍響起明確的掌聲。

「噢，好像獲得不錯的評價！」

「這樣應該可以拿下第一名吧？」

一下子就樂不可支的火山，還有急性子的貫之。

「奈奈子，妳讓我們拍到很棒的表情捏。」

「哎呀，雖然還是覺得很不好意思，不過我好高興呢。」

盈盈笑著的志野亞貴，還有一臉難為情的奈奈子。

嗯，這個嘛……我是覺得應該是十拿九穩了。

「……」

但總覺得有什麼東西梗在那裡。

完成度的確很高。

是會受到讚美的成品，也是會獲得不錯評論的成品。

但是，這種感覺跟我們完成的東西有點不同。

「河瀨川，妳覺得……」

往旁邊一看，我頓時屏住了呼吸。

「……可惡。」

河瀨川一臉嚴厲的表情。雖然也沒有到多誇張的歡呼，但她這副表情，實在不像是作品受到觀眾拍手的導演會有的表情。

「河瀨川，到底……」

聽到我的話，河瀨川只說了句：

「是演出來的……」

說完還搖搖頭。

「咦？妳指的是什麼？」

就在她要回答我問題之前。

「接著就是最後一部作品了。」

助理姊姊說完後，燈光再次暗了下來。

◇

對了，剛剛河瀨川說「有在意的作品」。

那部作品到底是哪一部呢？至少到目前為止的作品當中，我覺得似乎沒有特別引人注目的。

（如果真的有的話，那就只剩下這部作品了吧。）

最後一部影片開始放映了，把全副精神都集中在螢幕上。

「……這是什麼啊……」

不知道第一個發出聲音的是誰。

雖然很細微，卻聽得一清二楚。

我無法判斷是來自奈奈子還是河瀨川。

可是，到底是誰的聲音這種事已經微不足道了。

因為不管是誰，那股震驚都是相同的。

那是一部相當安靜的作品。

奇妙的是，故事背景也跟我們這組一樣是大海。

然而，不同於我們以熱鬧海水浴場為舞台，這部作品出現的海，並不是鄰近地區會有的。

故事內容很簡單。身為主角的少年因為家裡的關係，與少女一同搭車來了場逃跑之旅，最後決定好好解決，面對事情不再逃避……就是這樣的故事。

運鏡運得不錯，整個拍攝安排也的確很好，劇本方面偶有勉強的地方，不過都算是在容許範圍內。

但如果只是這樣的話，總地來說，我們這組明顯較為出色，一些細部的粗糙果然還是令人相當在意。

而決定性的差異，就在於演員的演技。

那一吸一吐之間。

回頭看，瞬間的留白之後講出台詞。

一舉手一投足的身段，彷彿本人就在那裡。

並非單純只是要表現得逼真。強調這裡就是重點的部分，演員也露出強烈的表情，讓看的人幾乎要倒抽一口氣。收放之間的落差感，完全牽動著觀眾。像是途中飾演少女的演員突然大聲尖叫的瞬間等等，觀眾席甚至還傳出驚呼聲。

「這……」

恐怕這就是河瀨川剛剛所說的『在意的作品』吧。

剛發下來的資料上，也明確記載著演員的名字。

就河瀨川的反應來看，大概是曾經在哪裡看過那個名字也說不定。

我們這組的作品確實比較完整，拍得很好。

可是那是就學校的課題來說。如果要繼續發展後面的故事，是有其極限的。

而現在眼前所放映的影片，雖然有比較粗糙的地方，卻毫無疑問是——

『作品』。

無論是貫之、火川、志野亞貴或是河瀨川。

大家都死死地盯著螢幕。

「奈奈子……」

明顯有表現如此突出的演員，對於被比較的一方來說實在太難受。

「……」

奈奈子沉默地一直看著畫面。

嘴巴微張，看起來好像喃喃碎念著什麼。

那究竟是代表著什麼意思呢？

我認為並不是演技實力的差距、動作的差距這種細微的事情。

「這部超讚的耶，應該是最有趣的一部吧？」

「相比之下，剛剛那部演員的演技明顯很爛。好像就只是用力發出聲音，做出那個樣子的感覺而已～」

「音調高低起伏太刻意了。不過，看了這個演技之後，就覺得完全是幼稚園成果發表會的程度了。」

後頭一清二楚地傳來毫不客氣的評論，身體不禁抖了一下。

但不甘心的是，我們這組沒有人可以否定那些話。明顯就是在這個部分，區分出了兩部作品的差異。

「剛剛那部影片，算是被演員拖累了吧。」

接著又聽到更加直接的評語。

奈奈子應該也聽到了吧。

不，這已經不是聽不聽得見的問題了。

因為明白那差距幾乎到痛苦地步的，恐怕就是奈奈子本人了。

◇

作品全數放映結束。

在老師們的評審後，新・北山團隊的作品拿下「第一名」。

但不曉得是不是心理作用，總覺得名次發表時候的掌聲稀稀落落。

任誰來看都會覺得，第二名的作品在播放時的衝擊感較為強烈。

「噎……第一名跟第二名應該反了吧？」

「就算其他部分都不管好了，這個光是演員的分數就十比一了吧。」

率直的意見從學生之間冒出。

倒也沒比較特別的反對意見，大家都說著類似的評語。

「那好像找舞台藝術學科的人來演的。」

「原來啊，那理所當然會這麼厲害囉。」

後頭還有傳來這樣的情報。

算了，就算現在知道這些也不能怎麼樣。

「那麼，今天的放映會就到這邊結束。」

講評結束後，趁著加納老師也致詞完畢，學生們開始陸續起身離席。

會場內頓時被混亂的氣氛所包圍。

就好像廟會結束後散場的光景一樣。

「老師！」

奈奈子彈跳似地站了起來，去擋在準備離開的老師面前。

「怎麼了？小暮，表情這麼可怕。」

「我有事情……想問老師。」

奈奈子豁出去般地用力吸了一口氣。

「這次放映作品的第一名跟第二名，名次是不是相反了？」

「這又是怎麼說呢？」

老師看著奈奈子，毫不介意地平靜問著。

「因為……大家看了都覺得演員的演技很好啊……」

「小暮，影像作品並不是只由一個部分組成的，是所有的要件……」

老師準備繼續說明……

「那些在剛剛全都被推翻了不是嗎!!」

但話語卻淹沒在奈奈子吼叫般的聲音當中。

周遭的嘈雜全在這瞬間安靜下來。

「……對不起。」

奈奈子用幾乎要消失的聲音道了歉。

老師輕輕嘆了一口氣後說道：

「就算我可以看得出影片中的演技，卻無法針對演技提出專業的評論。所以，對於這次的這兩部作品，我打從一開始就不會去評斷，哪邊的演員演技好或演技差。而理由呢，就是因為我們是映像學科。」

老師往奈奈子走近一步，接著又說：

「在這樣的情況下，如果妳問我為什麼那部作品讓大家印象深刻？不是技術或演技怎麼樣，而是最簡單的原因。」

被老師緊緊地注視著，奈奈子瞬間有些膽怯。但是，老師又繼續往奈奈子逼近一步，不讓她逃避。

「因為很認真。」

我聽到身後河瀨川發出了嘆息，像是很難受，用力擠出來似地。

「就只是這樣。」

老師轉過身，接著頭也不回地離開了會場。

周圍的學生也好像跟著被按下開關，又開始吱吱喳喳地說起話來，接著終於一個接一個地離開會場。

但是，奈奈子和我們這組新•北山團隊的每一個人，卻僵在原地一步也動不了，就這麼杵了好一會兒。

◇

下學期的課程正式開始之際，大藝大校園內也頓時開始熱鬧了起來。

這天，學園祭實行委員所有人全都來到中央廣場。

「接下來大家要開始一起打掃校園了！每一個角落都要打掃得乾乾淨淨，不要有任何地方漏掉！」

委員長拿著大聲公呼籲，學生們也在聽了之後，爽朗地齊聲應答：「是！」

眼角餘光看著他們開始動起來，我和志野亞貴則緩緩地走在廣場之中。

「學園祭差不多要開始準備了捏。」

「是啊，像這樣一起打掃完之後，似乎就會開始架設看板或裝飾了喔。」

「好期待捏，不曉得會變怎麼呢？」

這時，志野亞貴呼地喘了口氣。

「還有啊，奈奈子比較有精神了咩？」

面對志野亞貴的詢問，我又再次回答「是啊」。

「總之算比較好了吧。已經從放映會的打擊中站起來了吧……應該啦。」

志野亞貴露出了放心似的笑容。

「太好了，因為她什麼都沒說就回去了，害我好擔心捏。」

「嗯……我也是。」

幸好隔天剛好有打工。

雖然感覺得到她有點難以開口，不過大概是心裡一直有話沒說出來，奈奈子先主動跟我搭了話。

「我也是……很認真的啊。」

奈奈子站在收銀機前嘆了口氣並苦笑道。

「可是，在老師的眼裡看來，果然不是那樣吧。這就是實力差距，我想大家也都明白這點。」

沒想到奈奈子能客觀地看待自己的演技。

乾脆地就接受了自己沒能做到的部分。

「不想當演員了嗎？」

「是有這個念頭沒錯，但是我不太明白老師說的那句『認真』，所以想再繼續試試看。」

既然她都這樣決定了，我也沒有理由拒絕。

「這樣啊，如果奈奈子這麼想的話，我會替妳加油的。」

「謝謝。」

說完後，她不好意思地笑了。

以前奈奈子的笑容似乎又回來了。

「……大概就是這種感覺。」
「哦，那我想，應該來慶功輕鬆一下就會好了吧！」
「慶功？」
「就是這次作品的慶功宴啊，給奈奈子的。」
「這點子不錯耶，一定要來辦一下，我也去跟貫之他們說說看。」
「好期待呢～」
我們是彼此互相了解的團隊，所以能像這樣互相填補傷口。
我如此深信不疑。

◇

「大家真的是辛苦了！多虧有各位工作人員的幫忙，才能夠順利完成作品！」
就在幾天後，我按照志野亞貴的提議，為這次的作品舉辦了一場慶功宴。
在常來的卡拉ＯＫ包廂桌上，從超市買來的小菜和我們點的飲料堆得跟山一樣。
「原來這間店可以自己帶東西進來吃咩～」
「沒有，不行啦，是恭也去跟店家談的。」
「真假，真是恐怖的傢伙……」

……還好吧，就是因為常來所以才一直拜託，可不是用什麼或讓人害怕的方式喔。

「好了，接下來就馬上開始我們新・北山團隊的慶功宴！乾杯！」

「乾——杯！」

本來還擔心用喝果汁的杯子來乾杯會很沒感覺，不過隨著時間過去，這個擔心也跟著煙消雲散。

「而且沒想到是第一名耶！我從來沒想過自己參加的小組會有這樣的成績！」

火川好像真的感慨很深似地點著頭說。

「有這麼誇張嗎？」

「噢！在我之前那組啊，想拍動作片的傢伙跟想拍偶像劇的傢伙吵了起來，就分成前後兩半再組合起來！」

不過，還真難想像，可不能這樣搞的……

「不，能拿第一名，還是因為我會寫劇本！」

「你還真敢講，明明你那些台詞就被刪掉一大堆～」

「囉嗦！」

就算被奈奈子吐槽，貫之還是滿臉笑容地回應。要是平常的話，一定會頂嘴回去的。

（貫之，對不起啊，但也謝謝你。）

在這個慶功宴之前，除了奈奈子之外，我有稍微去跟其他成員拜託了一下。

基本上，不要去說些會讓奈奈子沮喪的挖苦。

雖然已經過了一段時間，目前她也可以說笑了，但我認為現在最好還是先避免。

在這當中，唯獨河瀨川一個人一臉無趣的表情。

算了，畢竟不是令人滿意的結果，但也只能這樣了。

「對了，河瀨川，今天跟奈奈子講話的時候……」

「我知道的，我不會提到她的事情的。」

一邊說著，河瀨川一邊咕嘟地喝下手中的可樂。

「不過，她真的沒事嗎？怎麼看都覺得是在強顏歡笑。」

「嗯，但既然她想表現出振作的樣子，那我們也得盡量去配合才行。」

「這樣事情根本就沒有解決嘛。算了，反正我是無所謂啦。」

嘴巴裡不停咀嚼著冰塊，河瀨川還是一臉不滿似地說著。

「只要現在能讓她開心一點……」

至少要讓她從強顏歡笑到真的打起精神來。

慶功宴持續熱鬧進行，畢竟是在卡拉ＯＫ辦，接著就唱起歌來了。

「好，那奈奈子要不要唱首歌啊？」

火川把麥克風遞向奈奈子。

「噎？不、不用啦，我不太會。」

「不行！我告訴妳，大聲給他唱出來超爽的！」

「哪有人來卡拉ＯＫ不唱歌的，這樣很不像妳耶。」

貫之也跟著火川起鬨。

「幹麼這樣……恭也，怎麼辦？」

「妳問我我也……」

在北山團隊裡，奈奈子至今就只有在我面前唱過歌而已。

不用說，當然是因為她知道自己是音痴，盡量不想在大家面前出糗。

雖然以前說過練習到可以唱給別人聽時，要跟大家一起去唱歌，但……

（老實講，我有預感她不會唱得好的。）

「不過，唱唱看也沒關係啊？反正也說過之後要跟大家一起唱歌的，只是早晚的問題而已。」

雖然奈奈子表情隱約帶著困窘，但是……

「嗯、嗯……那好吧。不過我真的是個音痴，大家別太在意喔！」

奈奈子接過麥克風，熟稔地點了常唱的歌曲。

「呼……」

接著，奈奈子的歌唱一如往常地結束了。

「啊——真的對不起！我就是個音痴，抱歉！」

奈奈子用力一個低頭道歉，並朝著大家傻笑了一下。

「奈奈子的聲音很響亮捏。」

志野亞貴佩服地說著。

「妳應該是那個吧，就是唱過民謠還什麼的歌手吧？」

貫之也饒富興致地說著。

「這音量超強的，奈奈子！連我都贏不過妳耶！」

就連火川也表現出坦率的感動。他只是以大小聲來決定好壞吧。

「啊哈哈哈，還好啦，大概就是那樣……」

奈奈子還是一樣不好意思，不過表情已經比剛才柔和許多了。看來叫她唱歌是正確的選擇。

「好了，接下來換誰……」

正當奈奈子伸長手，準備把麥克風交出去的時候。

「咦？」

那支麥克風。

被意想不到的人物搶了過去。

「河、河瀨川，妳要唱歌？」

手上拿著麥克風的人，正是河瀨川。

就在所有人的注視之下，河瀨川就這樣默默地把麥克風靠近嘴邊。

然後，站在奈奈子正前面。

「原來如此，我就覺得奇怪。」

她以嚴厲的口吻開了口。

「……有什麼好奇怪的？」

奈奈子回道。聲音聽來有些顫抖。

河瀨川停了一下後，以剛才更鋒利的口吻說：

「妳認真的地方，不在當演員，而是用在這裡吧。」

奈奈子瞪大了眼睛。

所有人全都錯愕地看著兩人。

「妳為什麼……這麼說？」

奈奈子用力擠出來的聲音，聽得出憤怒和恐懼。

而她所面對的河瀨川，則清清楚楚地繼續說道：

「我不管怎麼想都覺得奇怪，妳在一些小的表演上面的確是不錯，但我完全看不到，妳有任何要把那樣的演技深入發展的打算，怎麼演都只是表面的東西而已。原來如此，難怪怎麼樣都還是有在演戲的感覺。」

放映會當天，河瀨川說過『演出來的』這句話。

原來那是在說奈奈子啊？

「……」

奈奈子轉過頭。原本瞪大的眼睛，微微有些低垂黯然。

「那就是因為妳並不是認真在當演員，只有嘴巴上說認真，絕對是會露出馬腳的。」

河瀨川打從鼻子哼了一聲。

「能穩穩發出這麼大的聲量，應該是從很小的時候就有在唱了吧？既然已經有這麼珍貴的才能，為什麼還要當演員呢？」

「吵……死了……」

「因為妳害怕認真面對吧？怕要是真的拚命去做了，認真拚命的結果卻不行的話，感覺就會像是自己被否定一樣。就是因為妳害怕知道結果，所以就硬拿出二軍的矇混演技，在外行人面前喜孜孜地表現。」

奈奈子閉上眼睛，低下了頭。但是，河瀨川卻依然不打算住口。

「但是在真正厲害的人面前，這樣的演技就變得漏洞百出了。就算內心只能接受自己輸得一塌糊塗，但要是承認了就毫無退路。現在才拿出歌唱實力，卻無法說出自己真正努力的事物在這裡。所以，妳只好嘴巴上說要繼續當演員，纏著要橋場想辦法幫幫妳吧？」

「吵死了！給我閉嘴！」

一直忍耐著的奈奈子，終於讓聲音爆發出來了。

「妳懂什麼！從小生長在唱歌的環境，也喜歡唱歌，卻偏偏是個音痴……要是我真的有辦法的話，早就想辦法解決了啊！」

「妳又沒有去解決。」

「什麼……」

被一口反駁回來，奈奈子再顯狼狽。

「不然妳為什麼要來映像學科？應該毫不猶豫地選擇音樂學科吧？就算在老家矯正不過來，只要好好地去上課，或許就能矯正過來不是嗎？但妳卻在這麼重要的地方選擇逃避？」

「那是……因為……」

「奈、奈奈子有在練習！她已經找我去練習好幾次了。」

我也毫不猶豫地插嘴幫腔。

「有上正式的音樂課嗎？還是說你也懂這方面的知識？」

「不、不是……那個的話就……」

「既然這樣就不能說是練習，只是一直重複著沒有用的矇混而已。」

毫不留情地直搗核心。

「不要逃避，好好面對吧。既然有可以認真努力的事情，不把那件事當武器拿來好好奮戰是要做什麼？只是稍微被稱讚了一下，就賣弄地表演，這種演技不會打動任何人的心的!!」

「…………!!」

奈奈子欺近河瀨川，舉起了右手。

「奈奈子！」

我準備衝進兩人中間阻止。

「妳打吧，畢竟我說了這種話，被打也是沒辦法的事情。」

河瀨川毫不閃躲地看著奈奈子。

但是。

奈奈子的手就這樣停在半空中。

「唔……嗚……」

最終仍是無力地垂下了手，頭也跟著低了下來，發出有如掙扎呻吟般的聲音。

就算她拚命壓抑著不哭，終究還是到了極限，然後。

「……先走了。」

奈奈子打開門，直接走了出去。

「奈奈子！」

「不要跟過來！」

奈奈子阻止想要追上前的我。

我停下腳步，看著奈奈子的身影消失在走廊深處。

門半敞開的包廂，被無言沉默支配著。

「我沒能遵守約定。」

河瀨川開口淡淡說道。

「我也先回去了。如果她要求的話，我可以離開小組，抱歉造成大家的困擾。」

河瀨川從錢包拿出了一些錢，規矩地放到了桌上。

接著，什麼也沒說地離開了包廂。

「…………」

就此再也沒人開口說任何一句話。

◇

在大藝大除了有三間食堂之外，還有好幾間咖啡廳。

名為「鐵鍬」的這間咖啡廳，有好吃的咖哩飯被譽為「熟成三天的家鄉味」，而且價格也很便宜，因此受封為餵飽藝大生肚子的招牌餐點。

「就是這種咖哩飯啦，好吃對吧？」

罫子學姊笑咪咪地詢問感想。

「嗯……的確是。」

在我面前，是呈現鐵鍬造型的白飯，還有周圍滿滿鋪著咖哩醬的咖哩飯。儘管肚子餓了，也吃了不少，但可惜就是食不知味。

「看來是不覺得好吃的樣子呢。」

一下子就被識破了。

「抱歉，要是平常我一定會吃得很開心。」

「有煩惱的事情也是沒辦法的溜，下次沒事的時候再來吃嘿。」

「謝謝學姊。」

這天罫子學姊找我出來，繼續遊說我接受上次她提的邀請。

「……事情就是這樣啦，雖然縮齁，已經有點沒那麼巔峰時期了，但我們在同人遊戲方面還是很活躍的溜。」

偶爾會感覺混亂，不過現在才二〇〇六年。就如同罫子學姊說的，很多明星都是在從這個時期的同人遊戲中誕生的。

在二〇〇〇年代早期，有許多同人作品像〈月之姬〉和〈暮蟬振翅時〉，陸續走向商業化成熱門大作，同人遊戲一時之間備受矚目，成為御宅業界的主流。

「前陣子好像還出了祭囃子篇吧？」

記得應該是今年夏天的事情吧……我一邊回想著一邊問道。

「對啊，夏季同人展時的排隊人潮好像很恐怖。畢竟還沒得玩，大家都很好奇皆殺之後會怎樣。」

太好了，看來我沒說錯。

「不過，雖然我們沒有那種怪物強作暢銷，但也賣了大概五千片左右，還賺了不小一筆溜。」

我二〇一六年所待的商業遊戲公司，到底賣了多少片遊戲……本來是想要回想的，但頓時悲從中來便作罷。不過十年前，本來就是實體遊戲片賣得正好的時候，拿來比較也沒有意義。

「那麼回到正題，關於上次說要找我幫忙的事情，我還是……」

總之，還是跟之前的回答一樣，告訴她目前沒有辦法，但這樣一來，同時就落得免費吃了人家一頓飯的尷尬窘境。我也為了這點向學姊道歉。

「不用在意啦，學弟妹本來就是要跟學長姊蹭飯吃的溜。」

聽到一個不管怎麼看都像學妹的人這麼說，那感覺還真是奇怪。

「對了，我今天順便帶了個伴手禮給你。」

「伴手禮？」

「就是我們出的遊戲啦，我好像還沒給過你對吧？」

罫子學姊說著，並將好幾個DVD盒拿出來放到桌上。

總之就是用光碟盒裝起來，比較花錢的同人遊戲常會用這樣的包裝方式。

「啊，好厲害，是有正式壓片的耶。」

「那當蘭溜，我們對這方面的品質控管可是很嚴格的。」

這個時期的同人遊戲，幾乎都是以CD－ROM為主。

因為是CD－ROM已經相當普及的時代，所以光碟幾乎都是以燒錄的方式發出，不過部分製作比較大量的同人社團，就會交由光碟壓製業者製作。

「主題曲也是特別找人唱的，聲音也都是在錄音室收錄的。」

「好講究喔。」

「那當藍，因為我們是很認真在做的。要是做個不上不下的東西出來，後悔的是自己而已。」

「認真……說得也是。」

「嘿啊，是很認真的。創作就是因為認真才有趣的啊。」

罫子學姊說這話的同時，挺起了單薄的胸膛。

「不管是同人或商業都一樣，認真的人聚集在一起，然後因此做出認真的東西，就會抓住尋求認真的客人，他們就會認真感受作品。就是因為種膜有意思，才無法放棄創作的啦。」

過去的自己，也曾因為製作遊戲留下許多遺憾。

妥協，放棄，尋找替代方案。反覆經歷這些過程，品質最終也明顯變得粗糙。

如果只有嘴巴說認真的話，玩家們的反應可是非常真實的。沒有認真製作的東西，再怎麼樣宣傳、包裝，都還是會馬上露出馬腳。

連同奈奈子的事情在內，近來全是要思考「認真」意思的機會。

「那就下次再聊吧，要是改變想法了再跟我說，可以再請你吃個咖哩飯。」

罫子學姊從位置上站了起來，一如往常地說著「好了，掰啦……」便離開了。

◇

一回到北山共享住宅，就看到貫之和志野亞貴站在家門前。

「啊，怎麼了？」

聽到我這麼一問，兩人同時搖了搖頭。

「還是不出房間，不管我們再怎麼叫……」

志野亞貴悲傷地說著。

「看來也只能暫時不去打擾她了，現在就是完全沒辦法接近……」

貫之也皺起了眉頭，並且嘆了口氣。

「這樣啊，那我也不要採取什麼行動比較好吧。」

自從那天以來，奈奈子就一直把自己關在房間裡。

打工跟上課當然還是會現身，不過也不怎麼跟大家說話，馬上就又躲回房間裡了。

「傻眼，真是拜河瀨川那個大小姐的多嘴所賜。」

貫之用力地搔著頭，一臉不爽的表情。

「要是她沒有說那麼尖銳的話，只要再一小段時間就能慢慢恢復的說。」

「是啊……或許吧。」

河瀨川實在把話說得直白過頭了。就算那樣是違反了她個人的美學好了，還是希望她能再多點體貼。

「可是……我也……」

志野亞貴插嘴進來。

「我也希望奈奈子可以好好唱歌耶。」

「志野亞貴妳在說什麼……？」

「因為奈奈子是真的很認真在唱歌嘛，所以河瀨川的話才會這麼深深刺中她呀。」

大概也同意志野亞貴的話，貫之點了點頭。

「我也有同感，雖然說河瀨川的方式太偏激，但老實講我也在想，奈奈子似乎比較認真看待唱歌這件事。」

「就連貫之也這樣想啊……」

「對啊，哪天會發現自己的期待吧？與其到時才後悔為時已晚，不如早點察覺自己內心真正想做的事情比較好吧。」

貫之戴上了機車安全帽，然後催了催油門。

「抱定決心放手一搏，如果真的得走到放棄的地步，那就趕快轉換下一個跑道比較好，就是這樣吧。」

輕輕地說了聲再見，貫之就騎車打工去了。

排氣聲和煙塵揚起瞬間的餘韻，接著又消散而去。

夾雜在當中，一道微弱卻清晰的聲音響起。

「說得也是捏，嗯。」

志野亞貴又再次用嚴肅的表情點了點頭。

◇

「那兩個人果然都是很認真的創作者哪……」

躺在房間裡，我回想著剛剛的對話。

當時，我一直到最後都還是對奈奈子狠不下心來。

想辦法繼續下去，只要能想辦法繼續做就好了，內心就是隱約有這種想法。可是，如果要以創作者的身分走下去，這樣做絕對是不成的。不管是貫之或志野亞貴，都明白這樣的道理，還有河瀨川也是，所以才會想要激出奈奈子「真正的心意」。

「那也是理所當然的……畢竟這裡是藝大嘛。」

認真努力著的這些人，是真的很拚命想要做些什麼，因為這裡就是有能力差異的環境。而且不知道幸還是不幸，我們所在的北山共享住宅當中，更是個性與認真的心情，產生強烈碰撞的地方。

一開學，我就馬上因為這些人的認真感受到衝擊。在遊戲公司工作，二十八歲卻一事無成的我，過著一成不變日復一日的生活。

但是，因為覺悟到自己什麼都不會，只好透過跟許多人交談，最終找到適合自己的位置和意義。不對，是獲得了找到的契機。

只有微弱的勇氣也沒關係。只要能踏出那一步，就應該能看到認真努力的意義。

可是奈奈子卻沒有那樣的勇氣，所以她才隱藏起真心，躲入了自己的世界裡。

「要怎麼做，才能讓奈奈子拿出真正的幹勁呢？」

目前在她的歌唱方面，未完成的部分就在眼前。

在眾人面前唱歌，不過就是被笑是音痴而已。不管是音量也好、音域也好，人家稱讚這些，充其量就是針對唱歌的基本。

可是，她卻相當抗拒去上專業課程。

「只要能稍微有點信心，就能改變吧。」

無論是唱歌或其他任何事情，只要是自己產出的東西受到讚美，就能有繼續努力下去的心情。

或許奈奈子需要的，正是這部分也說不定

「話雖如此，我給她的讚美好像都起不了作用。」

今天我試著打開罫子學姊給我的ＲＯＭ。

「啊，這居然是找ＣＯＮＯＣＯ來唱……太厲害了吧。」

ＣＯＮＯＣＯ是唱了很多主題曲的專業歌手。我記得從這個時代開始，就一直擁有超高的人氣。

「本來我們公司的遊戲也想拜託她來唱，只是預算都下不來。」

沒辦法，只好透過原畫師朋友的人脈，找來同人的歌手，不過這也遇到了難題。

「沒想到上傳到ＮＩＣＯＮＩＣＯ的歌，竟然全都是調音過的……」

無論如何還是先錄錄看，但音階零零落落，音域又狹窄，而且音量也很小聲，我記得當時實在有夠折騰的。

到頭來，那個錄好的音檔還是由我帶回家，用軟體調整成可以聽的東西。

「因為那次的經驗，讓我學會怎麼調音準等等跟音樂相關的事情，就這方面來說，還得感謝那位歌手才……」

忽然間，兩件事情在我腦中啪地合而為一。

「啊……」

我一個用力起身，冷靜地整理著思緒。

奈奈子確實是個音痴，但擁有驚人的音量跟音域。

而我則有後製的經驗，有自信能處理好音樂的相關調整。

「這、這個……該不會……」

我尋找著包包裡的東西。

然後找到了ＩＣ錄音機，裡頭有為了幫奈奈子練習而替她錄下來的音檔。

而我手邊有ＰＣ。

就算是在這個時代，調音軟體在技術上也不會有太大的差異。

「這下可真的要感謝了喔。」

◇

「奈奈子！」

咚咚咚，我用力地敲著門。

「我有急事找妳，快開門，奈奈子！」

在我不曉得敲了幾次之後，門終於打開一點隙縫。

「……我現在不想跟任何人講話，對不起。」

奈奈子說完就想把門關上。

「不行！給我、給我一點點時間就好，拜託……！」

「不要！你也是知道的吧？我現在根本什麼都沒有了，全都消失得一乾二淨，沒有留下任何東西……我沒辦法，也不想講話跟任何人講話！」

雖然苦苦哀求，但縫隙間傳來的聲音，卻令人感覺到強烈的放棄感。

「我知道，就是因為這樣我才想跟妳說，我要告訴妳，妳擁有什麼東西。」

「你根本就不懂！恭也你什麼都會，不但是自己身邊的事情，就連其他人你都能顧慮，然後事先做好準備……像我這種什麼都不會的傢伙，你怎麼可能懂……！」

「或許我會做很多事情，或許那的確是我的能力沒錯，但是……」

我的腦海裡，頓時浮現出志野亞貴對我說的話。

如果擁有什麼的話，抓住就好了。可是如果什麼都沒有，那就只能去尋找。

現在奈奈子就是在尋找那樣的東西吧。可是就是因為什麼都找不到，只好把自己像這樣關了起來。

「但是我找到了。」

「找、找到什麼啊？」

「就是奈奈子妳在尋找的東西啊，所以我一定要讓妳知道……」

我打開從房間拿來的筆電，放到地板上。

把喇叭朝向微微打開的門。

「我不會放棄的。」

點擊名為「調整.mp3」的檔案，啟動媒體播放器。

「奈奈子，妳喜歡……自己唱的歌嗎？」

「……偏偏要談這件事是嗎？」

奈奈子的語氣帶有明顯的厭惡。

「抱歉，我也知道這對妳來說很難受，但是……」
這時我做了個深呼吸，反芻著剛剛才感受到的衝擊。
「我剛剛聽了這個，所以也想讓妳聽聽看，希望妳能喜歡自己的歌聲，然後……」
我靜靜地按下播放鍵。
「繼續唱歌——」

用ＩＣ錄音機錄製的聲音，音質並不好。
老實說，用一般方式放出來，就只會聽到很多噪音的雜音。
但是，這個「單純錄下卡拉ＯＫ」的音檔，經過我剛才調整之後——
「……這是怎麼回事？」
奈奈子的聲音頓時大為不同，就連剛才進行調整的我，都忍不住端正姿勢，聽著這幾乎成令人著迷的音檔。
就連我在檢查她唱歌的習慣，並加以修正的過程當中，自己也好幾次為之震撼。
被她音痴的部分所遮蓋掉的，是有如寶石般的歌聲。
只要聽到這個音檔，奈奈子一定可以找回自信。
我如此深信，所以才會拿著這個好不容易調整好的音檔，來房間找她。
「這個是……我的聲音嗎？」

奈奈子以沙啞的聲音問道。

「是啊，這才是……奈奈子真正的歌聲喔。」

免費調整音準的軟體，只能做到最低限度的修正。如果還要更修得更完整，那就需要專業的儀器。

一般來說，除了音準之外，還有聲壓、聲音的延展性等參數應該要調整，並不是說只要修正音準，就可以讓歌聲變得好聽。

但是，奈奈子那標準外的歌聲，卻不適用這個常識。她大概就類似球速神快，但不太會控球的投手，只要好好調整控制的方式，就會有飛躍性的轉變。

舒服的聲音渾然天成，愉快嘹亮地綻放著光芒。明明音階亂跑的時候聽起來有點怪怪的，卻整個讓心激昂沸騰。

雖然我看不到她的表情，但我知道奈奈子就這樣默默地聽到出神了。

「我調整過奈奈子唱的歌了，就只有調了下音階而已。」

雖然說是調整過，但基本上這還是奈奈子自己唱的。要是沒有好的素材，再怎麼調整也無濟於事，這我可是有切身體驗的。

所以才希望奈奈子聽到這音檔，進而明白這個道理。

「不用懷疑，這真的是奈奈子唱的歌喔。」

我希望她明白自己是有實力的，她身上隱藏著可以認真去努力的才能。

我也希望她明白，只要她願意，她就能自由自在地操控那隱藏的才能。

一直聽到最後歌曲結束，音檔「噗滋」一聲地切斷了。

「抱歉硬要妳聽，可是我真的很想讓妳聽聽看……」

就在我試圖解釋些什麼的時候，終於注意到她的轉變。

「奈奈子……？」

奈奈子的房間門，不知在什麼時候已經打開。

一臉恍神地看著筆電。

在筆電前，雙手無力地垂著。

「唔……嗚、嗚嗚……唔……」

她不斷嗚咽著，淚濕了臉頰。

「對、對不起，還是不想提這件事嗎……？」

我翻找著手帕，想要替她擦去淚水。

奈奈子走上前，突然一把用力地握住了我的手。

「謝謝你，恭也。」

「噫……？」

淚水撲簌簌地直掉，奈奈子口中不停唸著「謝謝、謝謝」。

「我從小唱歌到現在，其實從來就沒有喜歡過自己的歌聲。不管唱得多小心，音準還是一直飄走，唱得比自己想像中得還難聽。所以才希望，至少可以發揮在會用到聲音的演技上。」

抽出旁邊的面紙，有些粗暴地擦了擦眼睛和鼻子。

從小的時候開始，都不知道唱了多少年了。

卻還是無法唱到自己想要的狀態，可以想像那曾經多令人不甘心。

不，我想她現在也還是同樣感到不甘心。

「不過，看來那樣的方式是行不通的。河瀨川說的、老師說的，我現在也能夠理解了，態度逃避畏縮的人，無論如何都贏不了認真努力的人，而且也無法感動人心，這就是他們想要表達的意思。」

奈奈子瞪大的眼睛眨呀眨地，直勾勾地看著我。

那樣坦率的目光，彷彿新生兒的眼神一般。

「我真的好想把歌唱好，我想要好好地學習、練習，讓大家能認真地聽我唱歌。我想要像倉野綾、辛田來未或木村 Kalela 一樣，唱經典的歌曲，感動很多人。」

這些對我來說都是相當懷念的名字，全是這個年代紅遍半邊天的歌手。

而且，奈奈子在卡拉ＯＫ裡點唱的歌曲，也常常都是這些歌手的作品。

「欸，恭也，我真的可以嗎？我真的可以唱得那麼好嗎？」

答案就只有一個。

雖然拍上學期作品時也是一樣的心情，但只要是為了奈奈子，為了奈奈子的歌聲，我能做到的，我通通會去做。直到她達成心願為止，我什麼都願意做。

「我有個想法。」有個點子浮上腦海。

我想動員所有過去的經驗和知識，來幫奈奈子試試看。

「嗯，我相信恭也，所以……」

就好像要斷開淚水一般，奈奈子用力堆起了笑容。

「把我變成會唱歌的人吧……拜託你了。」

我默默地回握奈奈子的雙手。

「要努力的人是奈奈子，不過……為了讓妳加油，我什麼都願意做。」

奈奈子的頭，點得像是要把脖子折斷一樣。

「嗯，我——絕對會想辦法做些什麼的!!」

我說過的話，奈奈子原封不動地拿來做為宣言。

兩人看著彼此，相視而笑了好一陣子。

第三章　幻想中最好的成品

我覺得大阪是個殘留著強烈暑氣的地方。

如今都已經九月底，還是十分炎熱。記得以前在大學時代也有同樣的感想，不過這間大藝大所在的南河內地區，這種情況更是明顯。

可是一旦過了那樣的季節，接著就會頓時變得寒冷。從金剛山吹下來的風，會把這一帶的溫度都給降下來，讓住在那裡的學生逐漸感受到冰凍的氣候。

「然敝人生來就為暖爐之子……」

用老太太的口氣叨叨絮絮地唸著，奈奈子這天也一樣躲在暖爐桌裡，只露出顆頭來，淺顯易懂地表現出走向滅亡的人類縮影。

「可是人無法此為生。汝尚有歌曲課待修習。」

重重地嘆了一口氣，我努力想要把身為暖爐之子的奈奈子，拉出來到外頭的世界。

「好了，歌唱老師在學校等著喔。」

「我不想去……」

奈奈子終究還是連頭都埋進暖爐桌裡了。

「奈奈子，快點，得趕快去練習了。」

「不要！我——不——要——」

暖爐桌裡傳來耍賴的聲音。

「完全就是耍賴的孩子。」

「沒想到奈奈子會這麼像小孩子呢～」

站在外野一副看熱鬧的兩人，對這情況有些錯愕。

「你們兩個不要只是光看，來幫忙啊。好了！快點出來，出、來！」

「呀！」

強行從上方掀開暖爐桌覆蓋的被子，把躲在裡頭的奈奈子拉了出來。

「住手！真狠耶你！我受夠了，我不想去練習了啦～」

奈奈子像小孩子一樣鼓著雙頰，揮手踢腳地大鬧著。

「恭也，你聽我說！這一陣子都在重——複同樣的練習耶，一點都不有趣，也不開心，也不覺得有進步！」

「這就是上課啊，當然會有不有趣的時候嘛。」

「這種不有趣的情況到底要持續多久啦～！已經整整一個禮拜都在做同一個練習耶！」

「好好好，我知道、我知道，我能明白妳說的，但我們還是趕快出來吧。」

簡直就像在安撫小孩子的爸爸一樣。

我把整個暖爐桌都立了起來，把奈奈子的屏障全都移除。

「嗚哇——！我不要！恭也你是因為討厭我才這麼做的對吧!!」

終於開始哭鬧了。

「才不是咧！我是因為真的很喜歡奈奈子的歌聲！所以才會做這麼多的準備，我一直都很期待的不是嗎！」

奈奈子的哭鬧終於平息了。

「真的？」

「真的，我騙妳有什麼用？」

我抓住奈奈子的手，一個使勁將她拉起。

「我啊，可是被奈奈子的歌聲所感動喔。」

「唔、唔唔……可是……」

「我是真心地在想，下次要聽聽看真正的歌聲，而不是經過任何調整的。這種事只有奈奈子才做得到啊。」

用力地拍了拍奈奈子的肩膀。

「我很期待，所以……趕快去好不好？」

雖然本人還是一直發出掙扎呻吟，但是……

「我、我知道了啦！我去、我去可以了吧！所以恭也，拜託你不要用那種閃閃發亮的期待眼神看著我！你這樣我很有壓力，我是說真的！」

匆匆忙忙地準備好，為了想要閃躲這份尷尬，她瞬間就穿好了鞋子。

「我走了!!」

然後直接衝出家門。

看著她直到身影消失不見，我才放心地嘆了口氣。

「嗯，照這情況看來，應該可以好好努力吧。」

我以爸爸守護孩子的心情，為她的奮鬥祝福祈禱。

「話說回來，調整過的歌聽起來真有那麼厲害嗎？」

「奈奈子都振作成這樣咩，我想應該很厲害吧～」

我還沒有給志野亞貴和貫之聽過，奈奈子經過調整的歌聲。

「啊啊，好好期待吧。哪天她一定會願意唱給大家聽的。」

希望不久之後，就能讓這兩人感受到奈奈子現場演唱的厲害。

「好了，那我也要出門了。」

「貫之，你這一陣子都一直在打工耶。」

「因為我找到好地方啊，暫時想好好賺點錢。還有，今天會在那邊過夜。」

「意思就是今天不回來了是吧，了解。」

「嗯，那就先……啊，唉呀唉呀。」

貫之隨意揮了下手準備出門，卻當場一屁股跌坐地上。

「好痛，真糗，看來我也是老了。」

「都還不到二十歲，在那邊說什麼老了，也太好笑……」

我一邊苦笑一邊拉著他的手，想讓他起身站好，卻頓時注意到貫之的臉色。

有種不太對勁的感覺。

「奇怪？」

氣色明顯看起來不是很好，殘留著耶許夏天晒黑痕跡的肌膚還算健康，但眼睛下面多出了黑眼圈，而且呼吸顯得急促。

準備要開口問他是不是感冒了的時候。

「喔，謝啦。好了，這次我真的要走了。」

貫之站起來後，道過謝，就一邊轉著機車鑰匙一邊離開了家門。

「對喔，都沒問他為什麼最近打這麼多工。」

是不是有什麼想要的東西呢？

貫之是個努力型的人，或許也有在蒐集劇本。

身體有些不舒服都還要去打工，看來是有很想要的東西吧。

「恭也同學，你等一下有要做什麼嗎？」

志野亞貴有些開心地問我。

照這情況看來，等下很可能又要讓我看她新的畫作了。

「沒特別啊，所以……」

正當我準備說要做什麼都可以的時候。

「啊，有電話來了，誰打的？抱歉，我接一下電話。」

「嗯，好喔～」

難得有北山團隊以外的人打來。

「你好，我是橋場。啊，是樋山學姊啊，妳好，好久不見……」

久未碰面的社團學姊打電話來，我一聽到她告訴我的事情之後——

「……什麼？」

下意識地就這麼回問。

◇

「橋場學弟，還真是謝謝你跑一趟。」

「是……」

我衝到社團辦公室，就見到樋山學姊和柿原學長以冷靜的眼神，看著某種生物。

「叫你來，不為別的，就是因為我們認為眼前這個生物幹的好事，很有可能給你和你周圍的人帶來嚴重的影響，所以才緊急召喚你前來。」

所謂眼前的生物，就是獨自站在所有人正中央的五年級學生桐生孝史，雙手還舉著『不准發言，只能反省』的牌子。

「那個，桐生學長到底做了什麼事情？」

「阿橋，你聽我說！我這麼做都是為了大家啊。」

「閉嘴，你這個變態！」

樋山學姊手上的棒子，精準地往桐生學長的屁股戳下去。

「痛、好痛！」

「剛不是說你現在不能發言嗎！給我安靜反省！」

……雖然說學長平常就沒有受到什麼禮遇，但是喪失人權到這種地步，我可能真的是第一次看到。

到底是做了什麼弄成這樣啊？

「桐生學長擅自填寫了申請書，自己決定我們社團要在學園祭做什麼。」

柿原學長嘆氣地說道。

「每年，美研都是借用美術學科的教室展出作品，所以也有社員會為此繪製作品……」

「結果這個老頭，以為自己身為社長就不用取得什麼許可，突然就在今年改變我們要展示的作品！」

「啊、啊嗅！」

樋山學姊的棒子又再次炸裂。

桐生學長好像很喜歡這種攻擊？但這不是重點啦。

「這的確是有點過分，不過反正就是擺攤賣可麗餅或大阪燒之類的吧？如果是這樣的話，我也可以幫忙。」

聽到我的話，兩名學長姊只是深深地嘆著氣。從他們的反應可以明白，「如果只是這樣就好了」的心情。

「……不會吧？是更過分的嗎？」

在我這麼說的下個瞬間。

「好——囉！浪大家久等了，不好意思溜！」

才覺得有道粉紅色聲音相當突兀地傳來時，就見到社辦門口，一個穿著女僕蓬蓬裙的幼女，操著不太搭嘎的關西腔現身。

「噎？罫、罫、罫子學姊!?」

「四啊，就四我罫子！雖然年紀一大把溜，但還四萌萌達！」

看似幼女的這號人物，不是別人，正是罫子學姊。

就在兩名學長姊真的抱住頭苦惱的時候，罫子學姊開心地在社辦中跑來跑去，而看著她的桐生學長，臉上則露出這世界宛如天堂的燦爛笑容。

「……該不會是女僕咖啡廳吧？」

「……猜對了，橋場學弟。」

就在柿原學長虛弱到幾乎聽不見的聲音中，了解了整件事情的來龍去脈。

反正簡單來說呢，桐生學長不僅擅自取得往年展出場地的餐飲許可，更規劃了在那裡開百分之百是他興趣的女僕咖啡廳。這些當然都是瞞著社員進行，而學長姊兩人則是透過今天發行的簡介手冊，才知道這件事，因而大發火，目前眼前的情況，就是正集中砲火對他嚴刑拷打。

「桐生學長還真會在忙碌的時期，給大家找了個不得了的差事呢。」

樋山學姊用力搔著頭，因為煩惱和疲倦，她那張美人臉蛋已經完全失去了光彩。

「光是演唱會的事情，我和杉本就已經忙得不可開交了，現在卻又多了這件事。」

帥氣的柿原學長也一臉不高興，難已恢復過往帥勁。

「本來想說反正也沒人可扮女僕，乾脆就叫這個老頭穿女裝，來個人妖咖啡廳好了……」

樋山學姊瞄了眼罣子學姊。

「噢，怎麼啦？愛上我了嗎？這位小姊姊也愛上我了是嗎？」

罣子學姊擺了個月島星璃式的動作，不停往這裡送秋波。

簡直有如地獄般的光景。

「可是卻沒想到會出現這樣一個人才……話說回來，桐生這老頭，一定是鎖定這個幼女學姊想出的企劃……」

「這個嘛，應該是那樣沒錯。」

我用力點點頭。

從我入社的過程來看，桐生學長的亂來與失控，總是會隨著他的行動力，讓事情往那方面發展。

「可是這樣的話，就只有罣子學姊一個人扮女僕而已吧，該不會樋山學姊……」

「我？門兒都沒有！」

樋山學姊趕忙慌張否定。

「當然如果樋山妹願意的話，我倒也是欣然嘎啵！」

樋山學姊把手上的紙粘土，一口塞進得意忘形的桐生學長嘴裡。

「這紙黏土的原料來自小麥，是無毒的。話說回來……」

樋山學姊一臉抱歉的樣子。

「你身邊馬上就出現第一名犧牲者。」

「咦……該、該不會！」

在我用力站起來的同時。

「呼～這衣服光是要穿，就很花時間捏～」

門口出現另一位穿著蓬蓬裙的幼女……不對，是一位年紀再稍微大一點的少女，走進了社辦裡。

「志野亞貴，妳這身打扮是……」

「啊，恭也同學，這個齁，是前陣子桐生學長拿給我的啦，他叫我不要告訴你，不知道為什麼捏。」

明明剛才我們還在共享住宅前道再見的，什麼時候她已經去做了這身打扮了？先不管她施了什麼時間魔法，我再次看著她那一身女僕裝。

烏黑的髮色非常適合俏麗的女僕裝，不過像這麼清純的女僕，是存在於我以前看的漫畫裡，記得相當可愛。

桐生學長身為一個阿宅，一定就是抱著這樣的印象，去準備要給志野亞貴穿的衣服的。

「……關於這件事情，請容我拜你為師，桐生學長。」

禍都已經闖了也沒辦法，就結果來說算是「還可以接受」，但多少還是有點懊惱。

「還有，橋場學弟。」

「什麼事？樋山學姊，不對，應該說還沒完啊？」

樋山學姊歉疚的臉上寫著「ＹＥＳ」。

「就是關於學園祭的企劃，在申請文件上，有個欄位需要明確寫下人數。」

那個文件，就是已經提交出去的申請書。

「而且這個大笨蛋，已經非常周到地率先送到委員會去，無法再變更了！真是的，想改也沒辦法了！」

「嘎！嘎啵！咕齁齁齁齁齁！」

樋山學姊帶著滿臉怒氣，將塞在桐生學長口中的紙黏土，用力地往喉嚨深處推進去。

「所以簡單來說，目前就是人數不夠。」

也不能說是不祥的預感了，我已經有種事情就是會發展至此的確信。

「所以，也就是說……」

樋山學姊點點頭。

「對，我們需要找到足夠的人手。」

「我回～來了……」

帶著比陰沉憂鬱更沉重五倍的表情，奈奈子回到了家裡。

「啊……我已經變成了只會發出聲音的機器了……我是停止鍵壞掉的ＭＰ３播放器……我是卯足全力不斷播放的機器……」

奈奈子帶著老人般的達觀表情，露出淡淡的笑容。

「辛苦了，奈奈子。」

「真的，光是發出聲音就好累……我啊，可能已經把藝大校園裡面，可以放出大音量的地方都記起來了……」

因為大藝大也有音樂系的學生，所以設有可以發出聲音或大聲演奏樂器的隔音室。不過當然數量有限，所以新生或系外要練習的學生，就只能在戶外尋找類似的場所練習。

奈奈子似乎也已經是那些場所的常客了。

「為了幫奈奈子消除疲勞，今天就煮了奈奈子最愛的豆乳鍋。」

「恭也同學超厲害的捏，多虧他鎖定半價的肉，讓我們可以吃到比平常多出一倍的肉捏～」

乳白色湯頭正噗滋噗滋地沸騰著。

「什麼？豆乳鍋？真假？」

奈奈子的眼神頓時恢復了光采。

「不會吧！太感謝了！看起來超好吃的，這是恭也煮的？」

「對啊，不過志野亞貴也有幫忙切菜啦。」

「恭也同學教我的，我最近稍微比較會一點了。」

奈奈子頻頻點著頭。

「啊～～～～我今天真的是還以為自己要垂死在路邊了呢，還好有回來！才能吃到恭也和志野亞貴親手煮的料理～那我去洗個手，馬上就開動──」

「奈奈子。」

我一把抓住她的手。

「其實我……有點事想拜託妳。」

「拜託我？」

「對，妳可以過來一下嗎？」

我對志野亞貴使了個眼色，就帶著滿頭問號的奈奈子到二樓去了。

接著，大概過了五分鐘後

「嗚哇～～～不，我才不要咧，恭也我最討厭你了啦～～～～!!！」

才剛聽到奈奈子乒乒砰砰地，像滾下樓似地來到樓下。

隨即就見她打開浴室的門再鎖上，把自己關在裡頭固守浴室。

「奈奈子！對不起、對不起嘛！但沒關係啊，這又不是什麼丟臉的衣服，而且只有一小部分的人會看到，妳不要擔心！」

我一邊拍著浴室的門，一邊用各式各樣的說詞，期待她改變心意。

但是，本來我拜託的事情的確就是過分了點。

「我才不要！每天光練習都已經讓我的心力和體力消耗殆盡了，要是還要再做這麼丟臉的事情，我真的會活不下去!!」

奈奈子也不是在開玩笑，她這話是認真的。不過，我是也非常理解她的心情。

「奈奈子，我覺得妳穿起來很好看捏～感覺會變得很出名喔～」

志野亞貴也跟著溫和地說服（？）。

「不——要！這會有很多人看到吧？我一定會坐立難安的啊！」

「不、不會的，不過我們還是先來吃火鍋吧，都已經煮好了，好嗎？」

「我才不要～！雖然我很想吃火鍋，但是恭也你一定會在那邊拚命說服我！」

我甚至可以聽得到奈奈子跺腳的聲音。

「總而言之，我絕對……」

吸——接著聽到她用力呼吸的聲音。

「我絕對不會當女僕的！」

◇

當奈奈子尷尬地緊扯著裙襬，滿臉通紅地從社辦門口走進來的瞬間，社辦裡的每個人都發出了歡呼聲。

樋山學姊發出開心的聲音。

「噢噢，很好看耶……！」

這件衣服是專門給個子較高的人穿，所以奈奈子穿起來簡直像是量身訂做。而且她腳很修長，裙子因而看起來短短地，更加倍可愛。

「那、那個，拜託大家不要一直盯著我看……」

就連台詞都好像特別為她打造的，真的很完美。

「嗚嗚……結果我不管什麼事情都被說服，我到底……」

奈奈子悲傷地說著，我則是抱歉地別開了視線。

但是在滿腔愧疚的我旁邊，桐生學長卻是一直瞪大著眼睛。

「太強了……這是怎樣？是奇蹟啊，阿橋，這麼優秀的人才你之前是藏在哪裡啊？你就是這麼奸詐！」

「我要再塞紙黏土到你嘴巴裡了喔。」

也不想想都是多虧誰拚命說服的結果。

「粉好粉好！她就四跟阿橋一起打工，那個胸部很大的女孩子齁？」

罫子學姊開心地從各個角度欣賞著奈奈子。

「讚捏～亞貴丫頭四也不錯，但如果四奈奈子小妹的話咧，感覺就能來點破尺度的賺錢方式溜!!」

「什麼……」

「罫子學姊不要這樣，奈奈子會嚇到的。」

志野亞貴笑嘻嘻地頻頻點著頭。

「奈奈子真的是很漂亮捏～這樣就能放心開店了，恭也同學。」

「這個嘛，是啦……」

又不是我想開咖啡廳，這次我也是幫忙擦屁股而已。

◇

離學園祭還有兩個禮拜的某個星期六。

因為分別有兩個人找我，所以我就來到了學校。

其實如果從市區來看，大藝大是在非常遠的地方，再加上因為是星期六的關係，學生的人數頓時銳減。再加上出席率也會極低，所以學校都不太會排必修課在這天。

因此，今天就是整天人都很少的一天。

有來的學生，也都是為了準備學園祭而來，不過主要也都是集中在比較靠近社團大樓那邊的校舍。

「不好意思，還把你叫出來。」

大藝大裡有好幾間咖啡廳，我們今天來到不只名字，就連裝潢都很時尚的『海市蜃樓』。

在店內深處的座位，已經可以看到河瀨川英子等在那裡了。

她手裡拿著文庫本，似乎早已點了咖啡在喝了。

「奇怪？我晚到了嗎……」

看看時間，發現離約好的時間還有五分鐘。

「別在意，我只是習慣早點到，甚至提早到有點怪異的程度。」

「妳多久之前到的？」

「三十分鐘前。基本上不管跟誰約都是這樣。」

難怪會說怪異，畢竟時間落差很多。

「如果對方是愛遲到的人就會有點辛苦，不過橋場都會提早到，所以這點都我倒是很放心。」

「還好啦……」

不過這樣的話，那下次跟河瀨川約的話，我打算就提早三十分鐘前到。

也不是因為想跟她較勁，只是晚到的人，總是會有種比較不好意思的感覺。

「那麼，妳找我是什麼事？」

「嗯，就是這個。」

眼見河瀨川從包包拿出一個東西。

我打算先發制人。

「妳該不會是要跟我說要退組吧？」

「噎……」

河瀨川停下了動作，轉過來看著我。

從她的表情，好像可以聽到「唉呀呀」的聲音，但可惜河瀨川並不是這種形象。

「……怎麼看穿的呢？」

無論如何她還是先拿出了文件，放到桌上。

文件開頭寫著「製作小組編制變更申請書」。

看來我猜得沒錯。

「奈奈子的事情，我真的很不好意思，也給負責帶領團隊的你造成了麻煩，我認為無法再繼續待在同一組了。」

文件已經都簽名蓋章了，看來是認真要提出申請的樣子。

「妳並沒有造成我的困擾，至於妳所感到抱歉的奈奈子本人，也不希望這種情況發生」

我仔細地撕掉紙張後，直接收到口袋裡。

「我希望能當作沒這回事，可以吧？」

我一露出微笑，河瀨川便一副有些尷尬的表情說道：

「……我就知道會這樣。」

她大嘆了一口氣。

「老實說，我心裡隱約有預想到你會這麼做。」

「是嗎？」

「是啊，但我偏偏還是演了這場鬧劇，我真的是個討人厭的傢伙。」

她將咖啡送到嘴邊，卻不快地皺著臉。

「涼了。」

「要請店家重泡一杯嗎？」

「不用了，反正我也不是特別喜歡喝咖啡。」

但是卻還點咖啡喝？真是奇怪的人啊……

「我那時候，是真的覺得很嫉妒。」

「嫉妒誰……啊，也只有那一個人了。」

河瀨川點點頭。

「擁有那麼亮眼的才華，而且從小努力到現在，可是卻故意視而不見，所以我才很生氣。」

「嗯……」

「能發出那麼嘹亮的聲音，而且本人又那麼可愛、漂亮，好像從沒有過自卑感一樣，我心想，啊，原來所謂的明星就是在說像這種人啊。」

一下子說完想說的話之後，河瀨川呼出長長的一口氣。

「你們那組根本是人才聚合物，我打從一開始就相當嫉妒。」

沒想到她居然會這樣想，應該說我本來一直覺得是相反的立場。

畢竟她對於影像的知識比任何人都豐富，甚至認真學習到我們都望塵莫及的程度。

「就算是這樣好了，但我並不是。而且，河瀨川妳才是擁有擔任導演的才華……」

「哪有？」

河瀨川發出今天最大的一聲嘆息。

「我就只有滿腦子理論，只有看過的影片數量可以誇口，然後拍的作品，也都是一些連低預算影片的邊都摸不找的『樣板』電影而已。現在還可以用知識來抗衡，但哪天絕對會一下就被超越的。」

她看起來似乎還在意著先前的問題。

「要說只是演出來的東西，我其實根本也是。」

我想起放映會時那部第二名的作品。

河瀨川是在講那部粗糙卻帶有力量的作品嗎？

雖然那的確是一部擁有深不可測力量的作品，但就結果來說，河瀨川仍以整體性拿下了第一名。

「妳想太多了，如果是認真努力去做，不可能那麼簡單就被超越的。」

「認真……是啊，表面看起來大概是這樣吧。」

她苦笑著，再次伸手拿起杯子。

「我呢，真的就是個無計可施的糟糕混蛋，沒救了。」

「我想至少不是混蛋。」

「那不然爛女人或什麼的都可以，總之就是爛。」

河瀨川講話意外地難聽，跟她長相實在不符。是受到誰的影響嗎？

「不過，多虧有爛女人的話，奈奈子才會想要破殼而出啊。」

「誰是爛女人啊！」

「不是妳剛自己說的嘛！」

「我開玩笑的啦。所以後來呢？」

……真是個麻煩的女孩子。

「開始在練習了，雖然目前還沒有什麼成果，不過她一直在努力著。」

「……這樣啊。」

「我就說了，都是因為有妳那番話，她才終於明白。如果不是真的有實力的人，是沒有辦法將這種事傳達到她內心的。」

「如果是奈奈子的話，就算我沒說，她哪天也會醒悟的。」

「就是現在察覺了才有價值啊。」

河瀨川以陰鬱的眼神瞪著我。

「算了，也好，總之結果是正面的就對了。」

她站起身。

「那我回去了喔，看來連不想當人才團體的附錄角色都不行。」

實在是很不坦率的一個人呢。

我在內心苦笑著，也同樣站起身往門口走去。

「啊，對了。」

我轉過身告訴河瀨川說：

「妳剛剛有句話說錯了。」

「什麼……？」

河瀨川歪著頭。

「不是你們，是我們這組才對。」

我把剛剛撕破的申請書丟進了垃圾桶。

「沒說錯吧？」

「……你真是的。」

河瀨川露出了些許的笑容。

「你這方面有點令人煩躁，注意一下啊。」

「咦？是喔……」

◇

我在咖啡廳前跟河瀨川分道揚鑣後，前往七號館的映象研究室。

就跟河瀨川一樣，加納老師也在同一天找我過去。

「內心有種不好的預感……」

腦袋裡就只有想到一件事，就是之前學長姊轉借我們器材的事情。

雖然說已經請罾子學姊保密，但畢竟是才認識不久的人。就算隨口說出，再飄到居心叵測的人耳裡，也沒有什麼好驚訝的。

雖然三年級的學長姊是共犯，但消息還是有從那邊走漏的危險。

「這樣算是鋌而走險嗎……」

抱著一絲絲的後悔，可怕的猜測一直在腦中發酵。

按照約好的時間，我打開了映像研究室的門。

「打擾了。」

「啊啊，來啦，請進。」

雙肘撐在桌上，老師出聲招呼我進門。

「抱歉讓你跑一趟，知道我要說什麼嗎？」

「啊……這、這個嘛……」

雖然說大概有猜到，但當然不可能說出來。

因為授課老師就是負責管理器材的人。

要是洩漏了行為，可不是道歉就可以解決的。

「不，想不到什麼……」

我相信老師也有可能只是虛張聲勢，所以決定裝傻到底。

「其實就是為了一件事，就是關於你那組的鹿苑寺……」

太好了，不是器材的事情。

不過竟然會跟貫之有關，內心忍不住好奇。

「貫之怎麼了嗎？」

「嗯，他最近常常沒來上課，想了解是不是有什麼狀況。」

「貫之沒去上課……」

這對他來說的確是很稀奇的事情。

雖然貫之常常在課堂上睡覺，但很少不去上課。

雖然到了下學期，我們各自有不同的安排，坐在一起的時間變少了，但沒想到他會缺課這麼頻繁。

「你有沒有什麼想法？他有沒有什麼擔心的事情，或是哪方面比較辛苦之類的？」

「好像也沒有……畢竟他也不會找我談這些。」

努力搜尋最近的記憶，但沒有特別掛心的情況。

「不過，也不是馬上有什麼留級的影響，只是因為他上學期，可是拿了全勤獎的人就是了。總之，想麻煩你稍微注意一下，要是缺席次數太多，會影響成績的。」

「好的，我明白了。要是嚴重缺席到那種程度，會滿麻煩的……」

他之前好像身體不大舒服，我還是留心觀察看看。

不過話說回來，這次不祥的預感還是沒中。但畢竟預感之類的都只是猜測而已。

「是啊，總之還是比轉借器材的事情輕微一點。」

如果可以的話，真希望有台攝影機可以從另一個角度，拍下我這時候的狀態。我就好像被什麼東西毆中一般，嚇得說不出話來，嘴巴張得大大的，啞口無語地錯愕呆站著。

然而，衝擊性的事實並不僅止於此。

「嘿內，還是比轉借器材的事情輕微一點～」

「罫、罫罫罫子學姊!?」

突然從死角探出頭來的，不是別人，正是知道這個祕密的罫子學姊。

「雖然那樣做的確是不太好，但聽說你們是為了拍攝作品，在傷透腦筋之下想出來的方法，我就睜一隻眼閉一隻眼了。」

「……真的很抱歉……」

結果，最後被口頭「警告」了一番。其實也沒錯，要是器材在轉借出去的過程中遺失了，事情可就大條了。以後還是想想別的方式吧。

「好溜好溜，別想拿麼多～」

「就另一方面來說，罫子學姊應該要多想一點的！」

明明就說了是祕密，結果還是說出去。

「因為我知道區區這種小事，河……加納她才不會生氣咧，而且要我隱瞞壞事不說也不太好啊～」

「這樣說也是沒錯啦……」

的確，說出去會比較輕鬆點，而且也可以當作是個提醒。

「總之，借器材的事情就一筆勾消，之前我找你的那個事情呢，如果有興趣了的話，就跟我說一聲迷問題的，一半一半的機率嘛齁。」

原來如此，所以借器材的事情才會就這樣算了。

為了避免我有爭強較勁的心情，這大概是罫子學姊體貼的方式也說不定。

（不……應該不可能吧。）

光是看她剛剛的回答，感覺得出來她認為，就算事情爆開來也很有趣吧。

「那個，我從剛剛就一直有個疑問。」

我來回看著對面兩名坐姿不良的女性。

「兩位是朋友嗎？」

「是啊。」

「嘿啊，而且是同學年的溜。」

呼……我大大地嘆了口氣。

我認識罫子學姊之後，就一直認為後面一定有人罩她，才會讓她有這種該說豪邁還是強勢的作風，現在終於明白了。

而且眼前這兩人都讓人感覺不出年紀，要說是大學生我也相信。

「就因為這樣，想說要讓你害怕一下，就把你找來了。」

「如您所願，我可是相當驚恐呢。」

「好像是喔，呵呵。」

老師拿起杯子，不停地在掌心中轉動著。

總而言之，器材的事情沒有釀成大禍真是太好了。

「兩位的關係，是像映像的同組成員那樣嗎？」

聽見我的詢問。

「不，我是電影學程的，她是廣告學程的。」

「根本不一樣啊。」

該怎麼說呢，真是意外。

「我跟罫子的共通點，應該是遊戲吧。」

「啊，是遊戲方面啊。」

「我請加納幫我們寫劇本，不過好像沒人覺得那是女孩子寫的，一直都以為是男性的樣子。」

總覺得可以料想得到。

「不過罫子，接下來要怎麼辦？沒有成員的話，就沒辦法做遊戲吧？」

看來加納老師還不曉得，罫子學姊要找我進去的事。沒想到她還滿正派的，畢竟也是可以利用老師對我施加壓力的。

「黑啊，只剩下一個人了。」

「什麼？一個人？」

我一問，就見老師替罫子學姊回答道：

「罫子的社團，現在就只剩下她一個程式設計師，其他位置都沒人。」

「這是怎麼一回事啊……」

就好像常在一些罐頭貼文上，看到『製作人、主唱、吉他、貝斯、鼓手，現正招募中』的狀態。

「簡單來說，我覺得只要能夠做設計程式就好了。」

所以才會除了自己以外，至今都沒有設固定的工作人員編制。

「以前加納也常來幫我。」

「N思庫節目才剛開始的那個時期吧。那時候安排製作真的是很有趣啊～」

兩人異口同聲地開心聊起當年做遊戲的往事。

聽她們在聊，感覺當時是相當認真投入在製作遊戲當中的。

（害我有點羨慕啊。）

正因為自己當時沒有這樣的夥伴，所以非常羨慕這兩位的關係。

以認真的心情相互碰撞的製作現場，就會產生出相當認真而完整的作品。

有罫子學姊和加納老師在的製作現場，一定就是那樣的地方吧。

接著又聊了一些遊戲的事情之後，我便準備回家了。

「那麼，我就先走一步了。罫子學姊，學園祭見。」

「就拜託你溜，要是有什麼怪叔叔出現，橋場學弟會幫忙打跑齁？」

我覺得只要罫子學姊一開口，任何怪人都會逃走的，絕對會的。

「啊，對了對了，我有件事情忘了問橋場。」

就在我要闔上門的瞬間，老師趕緊叫住我。

「就是小暮的事，她……後來還好嗎？」

果然還是會擔心。

「……她沒事，似乎終於能認真面對了。」

老師聽見我的回答，停了一會兒後說道：

「這樣啊，希望哪天能看到她的真本事，我拭目以待。」

並露出了微微的一笑。

◇

離學園祭剩下不到一個禮拜了。

「已經該不多都準備好了吧。」

「好期待捏～不曉得我們的咖啡廳會怎樣。」

這天早上，我跟志野亞貴悠哉地散著步，前往社辦。

美研要推出女僕咖啡廳，但我們倒不需要特別去幫忙做什麼準備。

「這次會這樣都是我的責任，全都交給我來扛吧。」

因為主謀桐生學長都這麼說了，我們也就安心地通通交給他。

「所以，全部都交由桐生學長來處理……」

話說到一半，我忽然打住。

「恭也同學，怎麼了咩？」

「……沒、沒什麼，只是腦袋突然浮現非常不安的感覺。」

這樣的發展，這種狀況。

一旦身為一名製作人，自然會開始對不祥的預感變得敏銳。因為馬上能根據過往的經驗法則，導出目前情況可能造成的突發意外。

整個企劃交由一個人來處理。

可是，那個人是完全不會處理事情的一個人。

「志野亞貴，我們還是趕快過去吧。」

先前的悠哉心情，頓時轉變成急促的腳步前往社辦。

「發、發生了什麼事情咩？」

「等一下可能就會發生了！所以我們要早點過去商討對策才行啊。」

話說完的同時，人也到了社辦門口了。

「大家早……嗚哇！」

一踏進門口，就看到桐生學長跪坐在那裡。

而且這回，腳上還拖著一個又大又重的石像。

桐生學長沒有說話，只是悲傷地看著我們。

「桐生學長，怎麼了？」

「啊，志野亞貴，我跟妳說，我又頑皮了。」

這時一把像尺的東西，用力往說話的桐生學長頭上敲擊著。

「……誰准你說話了？」

「對不起……」

桐生學長再次變回安靜的貝殼。

「……橋場學弟，狀況就是這樣。」

樋山學姊一副女王之姿，不對，是不得不採取女王模樣，嚴肅威武地站立著。那個沉重的石像，無疑也是從工藝學科某處撿來讓學長抱著的吧。

「啊，學長又做了怎麼是嗎……」

光是看到眼前的景況，我就馬上察覺到一切了。

然後心想，不祥的預感又中了呢。

令人害怕的情況就是，桐生學長明明身為企劃人，對於這次的活動，卻沒有彙整任何資訊做出一份企劃書（樋山學姊跟他確認準備狀況的時候，他就說「一切都在我腦海裡了」，結果引發大混亂，才會出現今天早上那個狀況）。

但是樋山學姊因為課業繁重，沒有辦法擔任主責的人，柿原學長和杉本學長也一直在準備學園祭的現場表演，連社辦都很少來。其他人也鮮少來社辦走動，突然要拜託人家也不可能。

所以結論就是——

「……就是這樣，雖然非我本意，但由我擔下處理的任務。」

負責指揮學園祭事務的角色，就這樣落到身為一年級生的我頭上來。

◇

「阿橋，材料已經全都訂好了嗎？」

「還沒！柿原學長現在正去追加採購當中！」

「恭也同學，桌布好像還少一條捏～」

「這個妳去跟樋山學姊說一聲！啊，奈奈子，那個弄錯了，是要放上架子的，不是要擺桌上！」

「噎？可是我剛要放到架子上的時候，學長叫我要擺桌上的啊……」

「真假！訊息都沒有傳遞清楚！桐生學長！」

「噢！」

「這個，放架子上就可以了吧？」

「抱歉！那是我弄錯了，桌——」

「他說放桌上就可以了！啊，罫子學姊早安！」

「早～總之我先去換衣服可以齁？」

「麻煩妳了。等下大家先來練習操作一遍……等下，罫子學姊！不要在這裡換衣服！那邊有更衣室啦！」

「哈哈，啊四誰要看我這老太婆，你這玩笑很不好笑啦～」

「誰在跟妳開玩笑了！桐生學長都停下工作死命盯著妳看了！話說回來，桐生學長你趕快把那個拿過去啦！啊啊，志野亞貴，那種水壺有分廚房用跟給客人用的，奈奈子妳跟她說一下！啊，柿原學長你回來……不對，不是那個材料啊！就跟你說不是蜂蜜，是香草精了呀！啊啊，樋山學姊，剛剛志野亞貴把桌布放在架子，不對，是水壺，嗚啊啊啊！」

經過有如怒濤般的一個禮拜，總算趕在最後一刻完成所有的準備。

「唉呀～大家真的是辛苦了！多虧大家的幫忙，感覺會是間不錯的咖啡廳喔！」

當一切的準備幾乎都完成時，桐生在疲憊困頓的所有人面前如此開心說著。

「桐生學長。」

樋山學姊拋出冷靜的聲音。

「別說了，閉嘴。」

「好、好的……」

桐生學長整個人縮了起來。

「恭也、志野亞貴丫頭、奈奈子小妹，辛苦溜～跟我這老太婆去吃個飯觔？」

罫子學姊從一群女生中，體恤地問著我們。

「啊，那我要去，我有話想跟罫子學姊聊聊。」

志野亞貴好像要去。

「嗯……對不起，我有點累了，想休息一下……」

奈奈子似乎體力已經到極限了。

「啊，那我送奈奈子回去，罫子學姊，不好意思，志野亞貴就拜託了。」

「當然好溜。」

「恭也同學，奈奈子就拜託你了捏～」

在教室分成兩隊人馬後，我們往回家的方向走去。

總而言之，社團的相關準備這次真的是宣告結束了。

剩下就等學園祭正式登場了。

果然一進入十一月，外頭的天氣就變得相當寒冷。

周圍的學生們也都縮著身體走路。

大概剛好也是季節轉換的時期，有些人穿著輕薄的衣服，卻也有些人是穿著厚衣物。幸好奈奈子穿得夠厚，但我自己可就因為穿太少而覺得寒冷。

「時間真的過得好快，已經像是要冬天的感覺了。」

走在前頭奈奈子縮著肩膀，似乎覺得很冷。不曉得是不是本身就怕冷的體質，明明穿了件那麼溫暖的外套，卻還是一副很冷的樣子。

「是啊，轉眼間就要冬天。」

我一邊微微顫抖著身體，一邊回答奈奈子的話。

一回到家，就馬上來認真做個禦寒的準備好了。

「從零開始準備開店真的好累呢，原本就什麼都已經備妥的超商，果然比較輕鬆。」

或許真的非常疲憊，奈奈子左右轉動著脖子，關節也隨之發出喀拉喀拉的聲音。

「抱歉啊，平常練習已經很累了，還拜託妳來幫忙這些。」

「就是說嘛！偶爾恢復理智時會想，為什麼我得扮成女僕啊？」

奈奈子苦笑地回答著。

「不過老實說，可以換一下心情也是很好，而且服裝又很可愛。」

她拿出在上學期製作影片時充分活用的數位相機，給我看了她拍的照片。

十年後，奈奈子也一定是ＩＧ的愛用者吧……

「不過前一陣子的事情而已。」

奈奈子抬頭望著漆黑的天空。

「隨口說什麼要用生命來演戲，被稱讚適合當演員，就得意忘形了起來。」

呼……她長長地嘆了一口氣。

「然後突然又一口氣跌到谷底，就連唱歌也變得七零八落，莫名其妙就被鼓勵去上課……」

奈奈子接著發出呵呵的笑聲。

「然後馬上又變成女僕，到底該朝哪個方向前進，我都糊塗了，真是的。」

「我真的很抱歉。」

「沒關係啦，這些都不是問題……」

奈奈子講到一半打住。

「反而覺得事到如今，有種想要逃避唱歌的心情……真難熬。」

「……」

我從她的話語當中，隱約察覺到單純的恐懼。

現在的奈奈子正努力著不要找藉口。

「聽我說，恭也。」

奈奈子露出不安的表情問道：

「我這樣繼續練習下去……真的可以變得很會唱歌嗎？」

「為什麼會這樣問？」

「啊，我話先說在前頭，老師真的很認真教我，雖然我常耍賴，但還是覺得可以好好努力。這點是沒問題的。」

所以並不是真的對練習本身有什麼擔憂。

「可是，在這麼努力的情況下，當有人問我有沒有什麼比較具體的短程目標時，我就開始困惑了起來。」

「目標啊……」

「當然是沒有什麼具體的目標，我也沒有要去比賽，也不是預計要在眾人面前唱歌。」

奈奈子停下了腳步，轉頭看著我。

「我真的可以繼續練習下去吧？」

奈奈子想要挑戰看不見的未來。

如果就過去的她，大概會因為自己是音痴，覺得沒辦法後就算了。但是現在，她要擺脫那股放棄的心。可是不知道究竟能不能順利，對於往後的路也毫無頭緒。

奈奈子說得沒錯，毫無目標地在烏雲中努力，是非常辛苦的一件事。拿這次的情況來說好了，雖然基本上是以『可以唱出自己心中想要的感覺』為目標，但這沒有數據也沒有正確答案可以參考，面對混沌不明的挑戰，真的很需要氣力。

但即使如此，我還是希望奈奈子可以唱歌。

「……繼續努力吧。」

「恭也？」

「好不容易想認真面對了，就好好努力吧。而且，雖然我只接觸到奈奈子一點點認真的心情，但是卻非常地感動。只要奈奈子自己能拿出那樣的幹勁，一定可以感動無數人的。」

我當然沒有確切的證據，我能相信的，就只有自己聽到歌聲當下的感動。

但無論如何，最重要的是奈奈子自己要起身挑戰，否則她的故事就只能用半途而廢的方式畫下休止符了。

「恭也，你為什麼……對我的事情這麼關心？」

奈奈子不可思議地問著。

「因為我聽到了奈奈子的歌聲啊。能夠聽到那麼厲害的東西，自然就會變成這樣了。」

不管是對志野亞貴、貫之或河瀨川也是如此。

我周遭有很多厲害的人們，大家都是一邊苦惱，一邊掙扎地想要創作出厲害的作品。而為了幫助這些人達成目標，只要是我能幫得上忙的，我什麼都願意做。

因為我一定是為了完成這些事情，才會回到十年前的這個時候。

「原來是這樣，我也可以成為恭也覺得厲害的人事物之一……說不定啦。」

她不好意思地低下頭。

「奈奈子，妳已經是了。」

「恭也……？」

奈奈子抬起頭。

「所以，當妳覺得困惑找不到路時，我也一起幫忙尋找目標，用我可以做到的事情幫妳，直到奈奈子能夠認同為止……我一定會想辦法做些什麼的。」

雖然說，我也還不知道那究竟會是什麼。

當奈奈子說想唱歌，而我的力量可以幫助她大為擴展的時刻到來之際。

我會借給她全部的力量，毫不保留。

「所以，那個……啊！」

就在我準備繼續說的時候，卻頓時發不出接下來的話語了。

時間就暫停在這一刻。我停止了呼吸，努力轉動腦袋，試圖理解眼前發生的事情。

「……謝謝，恭也。」

因為奈奈子從正面給我一個擁抱。

「奈奈子……？」

由於事發突然，我的雙手還在半空中游移，不過為了暫且先安撫下奈奈子的情緒，便輕輕地放到了她的背上。

「願意為我做這麼多……我現在沒有任何東西可以回報你。」

耳邊傳來奈奈子如呢喃般的聲音。

明明近在旁邊的校舍，正敲敲打打地製作著活動看板，然而那聲音聽起來卻反而像在遠在天邊一樣。

「非常感謝你，我從來沒有一個願意這樣幫我的朋友。」

她的身體傳來香水的香甜氣味，在即近的距離下，不僅是搔癢著鼻子，更以支配的態勢，讓大腦功能當機。原本就美妙的聲音，在呢喃之下更具破壞力，就連耳朵都發燙，失去了作用。

最重要的是，比這些還要令人想投降的是……

（哇……好軟……這是怎麼回事啊……）

奈奈子正面的那兩大團塊。

過去我曾不小心在共享住宅看過真面目。

今天因為天氣冷的關係，奈奈子穿了羽絨外套。因為隔著羽絨外套，所以衝擊度可能稍微有些減少。

然而，她的外套是打開的。也就是說，擋在肌膚中間的，只有針織毛衣和內衣（我想應該是胸罩）而已。光是我沒有昏倒這點，就已經值得給我拍拍手了吧。

想當然，冬天的寒冷也早已不知被拋到哪邊了。

（要是在家的話……大概早就完蛋了……）

但現在還在外頭，而且還殘留著僅存的理智，所以我敢斷言除此之外，就不會再有其他事情發生了。

要是這是在共享住宅的家裡，而且又沒有任何人在家的話。在我腦海裡的二十八歲大叔，一定會跨越臨界點的。

「哇!!」

甜美又溫柔的時間突然結束，奈奈子突然離開了我的身體。

「抱、抱歉，恭也，我想要跟你道謝，所以就……我真是神經。」

她相當慌張地揮著手，似乎開始後悔起方才自己的行為。

「怎麼說，我、我不是那個意思啦！那個，就是單純想要謝謝你，就覺得好像……你想想看，不是也有這種方式嗎！」

……沒有。

「唉呀，總覺得學園祭那些事情累得要命，人疲倦到一個極點的時候，不是有時候就會發生這種事嗎？那個……總之！」

奈奈子一個轉身背對我。

「我、我們回家吧！嗯！」

剛剛還一副疲憊不堪的樣子，現在卻神采奕奕地舞動著手腳。

「說得也是，走吧。」

我也順著她的話，不再對此多說什麼。

或許是學園祭特有的亢奮情緒，但現在真的充分感受到自己因此深深受惠。

無論如何，只要她能多少恢復點精神，我也就高興了，只要結果是好的就好。

（幸好……有參加學園祭。）

學園祭即將就要登場。

第四章　祭典開始

十一月的第二個星期五。

感謝老天爺，當天從一大早就是好天氣，幾乎萬里無雲一片晴朗。

各種五彩繽紛的大大小小氣球飄在半空中，由大藝大管樂團帶來的開場曲響徹雲霄。

學園祭執行委員長拿著麥克風，登上設置於中央廣場的舞台。

「二〇〇六年大中藝術大學學園祭，現在正式開始！」

這個學園祭是關西歷史悠久的大活動，在推出最多企劃的首日和最後一天，都會吸引許多人到場。因此，從距離最近的車站開始，就已經湧現混亂的人潮。

「上公車後，麻煩請往最裡面移動！」

停在車站前的公車，今天也出動了臨時工作人員引導動線。

「嗚哇……這應該沒辦法馬上搭到車吧。」

「沒有想到還會有其他普通乘客，嘎哈哈，被擺了一道！」

我和火川兩個人雙手都抱著採購的物品，不知該如何是好。平常熟悉到閉著眼睛都能走的車站，今天卻完全不是那麼一回事，人潮擁擠大為混亂。

「好！沒辦法，就用走的吧！」

肉體派的火川只用五秒就做出結論，可是執行起來有點困難。

「這裡離學校有三公里耶！而且還抱著這麼多東西，我看我們走到的時候，比賽也結束了……」

但也沒有時間悠悠哉哉地在這邊等，於是……

「沒辦法了，只好去坐很少坐的那個吧。」

我們走向公車站對面，相較起來人潮較少的計程車乘車處，不過即便如此也還是等了一會兒。

坐在長椅上並放下物品後，汗水就慢慢地冒了出來。

「明明說是十一月，今天卻還是很熱耶！」

火川從包包中拿出團扇，拚命地搧著風。在這個季節，他居然還是穿著背心。

「你今天從白天開始就有公演了嗎？」

「當然啊！雖然我是一年級生，卻罕見地獲得了一個擁有名字的角色喔！」

火川所隸屬的忍術研究會，每次在學園祭都會舉辦大型公演。

這次總共將舉辦五次公演，並嘗試在每回故事都做些微變動，因此就連校內分發的宣傳簡介上，都還打上了大大的必看標記。

「橋場你會來看吧！」

「當然，話說回來，火川你是演什麼角色？」

「我演大木！」

「大木？」

大木是角色的姓嗎？不過如果是忍研的時代劇，應該會有完整的名字才對。像是大木為五郎、大木某某之介什麼的。

「對，就單純是大木！雖然不知道底下的名字叫什麼，但因為也沒有台詞，老實說，是個難以預料的神祕角色，哈哈哈！」

「這……」

我說火川，你說的大木應該不是姓吧，應該就是棵大樹而已吧……

「總、總之，好好加油喔。」

「噢！我會努力展現存在感的！」

這麼醒目的樹，我想也是很少見，不過也算是達成目的了吧……

等了二十分鐘左右，計程車終於來了，我們搭上車約五分鐘就抵達學校大門口。

「嗚喔！這也太誇張了！氣氛跟剛剛完全不一樣耶!!」

一下車，火川便發出了驚訝。

「嗚哇……這場面的確很驚人……！」

然後，我也不禁發出同樣的感想。

就在一踏進大門的正前方，有條路稱之為「藝坡」。平常是相當煞風景的坡道，但現在卻裝飾到幾乎可說異常的地步了。

大大的拱門狀看板上，以霓虹燈管線排出「歡迎來到大中藝大學園祭！」的文字，欄杆扶手密密麻麻地張貼著寫有校內活動資訊的傳單。戲劇演出壓倒性地多，再來依序是展覽、獨立自製電影。

果然是藝大，就連每一張傳單也都設計得相當精美。

「好厲害喔，沒看過的社團多得跟山一樣耶！」

火山一邊爬坡一邊吃驚說道。

在大藝校園裡，有大量的非正式社團和劇團。就算沒有固定的社辦，只要獲得許可，就可以借用學校的教室，或是在某個人住的地方集合就能進行活動了，還滿多社團並沒有登記為學校的正式社團。

然而平常毫不起眼的社團，會一口氣傾巢而出的時刻，就是在學園祭這個活動了。這些都是我先前，從桐生學長那裡聽來的。

「不過話說回來，這數量也太非比尋常吧，這實在是……」

根本是五十或一百這種幾乎讓人問都不想問的數字，這種程度的混亂和熱氣，或許就是這個學校鬼才輩出的原因之一也說不定。

接著，我們闖入了擺攤區。

瞬間，喧鬧聲以驚人的氣勢席捲而來。

「歡迎光臨歡迎光臨！要不要嘗嘗看廣告研究會的名產，巧克力香蕉啊～！」「放送研究會獨立自製的電影『詭辯者』，將在今天十二點，於八號館第二放映室開始上映!!」「啊——這邊這邊！拿來這裡！瓦斯完全不夠用，拿卡司爐來擋一下吧！」「喂！火川！」「噢嘶！快來品嘗少林寺拳法社的巨無霸熱狗毅力燒喔！紅色的是『毅力』，白色的是『算計』，兩種一起買的人，通通贈送設計學科學生自製精美『人生』貼紙！」「五種極品飲料！女子排球隊的『自由咖啡館』，就在九號館的二樓！對於結帳不用找錢的客人，我們會當作是一個漂亮的接球，準備好豪華獎品等著你！」「我們是ＳＦ研究會！這次重現了在今年遊戲和動畫裡出現的餐點，要給各位品嘗！今天的主打商品，就是依耶爾學姊最愛的咖哩套餐！」「火川！」「我們是女子排球隊！使用現在超受歡迎的花畠牧場生牛奶糖的生牛奶糖霜淇淋，快來吃吃看——！」「拳力的預感！就算成了六年級生也不改摔角熱愛的『大爆炸・代點名』，要與他對抗的，是今年出道的新人摔角手，一年級的『羅德里格斯・推薦甄試』！」「我們是花式滑冰社！拿出最讚的姿勢領獎品吧！做出後仰式伊娜鮑爾動作並拍下照片，獲得最多票數的人，日後可以拿到紀念品，也就是陣天堂GS的『腦力最激盪訓練』作為獎品！」「你也來砸派紓解日常壓力吧！還有影研飛鏢一次一百日圓！要是沒丟好，會被社員狠狠砸派喔！」「尋人廣播。從大阪狹山市來的久保田輪迴小朋友、久保田輪迴小朋友，你的爸爸在找你。」「冰川你在哪!?」「針對這次的學園祭活動，學生報社舉行了特別販售！主題為目前的熱門話題『階級社會』，討論校園內各種的階級差異問題～！」「下學年度入學考試超強對策！大中藝大入學必勝講座，就在五號館一樓，歡迎報名參加！」「這位客人，要不要吃吃看我們的章魚燒啊？」「好，兩個一共是七百五十日圓」「棉花糖一支嗎？這樣」「我們這裡賣熱鬆餅的，可是貨真假實的高中生」「零錢！零錢帶去！」「「謝謝您的光臨」」

……總算穿過攤攤區了。

半路上，我叫了好幾次火川的名字，可是混亂的人群和嘈雜的程度讓他幾乎沒注意到。老實講也根本記不清楚到底聽到了什麼，不過倒是聽見好幾個用詞，讓我湧上這裡真的是二〇〇六年的實感。

「太、太誇張了……人多成這樣什麼都買不了耶。」

就連火川都不禁有些嚇到。

「雖然有聽說餐飲的攤位是完全不同等級……沒想到是來真的，就連招攬客人方面也是。」

我終於親身感受到被稱為大阪第一的理由了。

「我們趕快去放東西吧。忍研的東西就放社辦可以吧？」

「嗅！放社辦就好！」

總之不先空出雙手，什麼事情都做不了。我們閃避著混亂人群前往社辦大樓。

「啊，來了來了。辛苦你們從一大早這麼忙——」

在店的後門，將塞滿材料的業務用超市塑膠袋交給了樋山學姊。

「麵粉十袋、白砂糖兩袋、楓糖漿和即溶咖啡……嗯，都買齊了，果然很可靠。」

「就只是採買而已，像這樣的事情大家都做得到的。」

聽到我這麼說，樋山學姊嘆了口氣後，挪了挪下巴指向門外。

原來是被剝奪掉工作後，膽怯地縮成一團的桐生學長在那邊。

「也是有人為了多買不必要的私人物品，猶豫到最後，迷迷糊糊地就忘了本來要採買的東西了，所以光是做好人家交代的事情，就很優秀了。」

桐生學長到底要在這次的學園祭，自跌多少身價才甘願啊……

「對了，其他人也都準備好了嗎？志野亞貴和奈奈子，好像一大早就出門了。」

對於我的詢問，樋山學姊賊賊一笑。

「我說橋場學弟啊。」

「是、是。」

「你自己在家裡做飯的時候，有沒有曾經感動到『這做得真是太好吃了！應該是可以開店的等級了吧？』」

「有啊，偶爾會有。」

「我就是這種感覺。雖然過程很慘烈，但這簡直可以說是藝術品了……」

樋山學姊陶醉地閉上眼睛。

她到底打造出了什麼東西啊？

「辛苦了，我們要進去囉……」

一踏進用布幕區隔出來的店內。

「啊，是恭也來了。歡迎光臨～」

「橋場學弟，早安溜。」

「恭也同學，你看，店內擺飾都弄好了捏～」

異世界就在眼前展開。

灑進室外光線的明亮店內，擺放著幾乎可說是過於華麗的家飾品，原本煞風景的空蕩蕩教室已不復見。茶杯、茶碟和茶壺也是，以當場準備的東西來說，看起來已經非常有模有樣。

但無論如何，最應該受到矚目的就是女僕吧。

「怎——麼啦？話都不說只是一直盯著看。」

奈奈子女僕將平常紮起的馬尾放了下來。微微燙卷的髮絲恰如其分，完美征服美國風女僕裝。

「他齁，一定是看我們看到出神溜。」

發出「嘿嘿」下流笑聲的，則是罫子學姊女僕。

先不論她的行為和語氣，罫子學姊穿起奇幻風的女僕裝也相當好看。原本她的風格是有點突兀的，但給人這種感覺的那頭粉紅色頭髮，卻奇蹟般地適合那一身服裝。

「去買東西回來很累了唄，要不要喝杯茶呢？」

接著，是以終極完成度為傲的志野亞貴女僕。

傳統英國風女僕裝與黑色短髮，簡直是最完美組合。她手上拿著的茶壺變成了裝飾品，讓完成度更加提升。

沐浴在早晨的柔和陽光之中，這群女孩就好像綻放著光芒一樣。

「橋場學弟，覺得怎麼樣？有什麼感想？」

該怎麼讚美才好……可惜的是因為腦中詞彙太少，當場想不出什麼形容詞。

所以，決定以簡單的字眼來表達自己的感想。

「樋山學姊。」

「怎麼樣？」
「真的是……完美。」
「我就說吧？」
這樣很可能會有一大堆客人蜂擁而至喔……
我已經做好心理準備，有可能無法去逛學園祭了。

◇

第一天，學園祭開幕。
不曉得是在哪裡聽到了消息，現在店外已經開始排起了隊伍。
「不好意思，我們會發號碼牌，請叫到號碼的人依序進來！」
要是讓人潮無限湧入店內就完蛋了。帶有這樣確信的我，緊急以社辦的PC打字並列印出號碼，發給等待的客人們。
就在各種忙碌之下，時間來到中午十一點，我們的咖啡館在比原定晚一個小時的時間開張了。
「好了，麻煩從前面依照順序入座。」
四人桌瞬間就客滿了。

而三位女僕則是一一前去點餐。

「請問要點什麼呢？」

「可愛滿點的原味奶昔、金剛山蛋包飯、苦戀漂浮冰咖啡，還有愛與啟程的櫛瓜，這樣就好嗎？」

「客人點餐囉！三桌要四杯熱咖啡和融化夢想的熱鬆餅四份！」

老實講，這幅光景就好像將從古至今、從東方到西方的女僕咖啡店，進行了惡魔合體一般。而且儘管菜單雜亂無章，但女僕的高水準完全蓋過了這件事。桐生學長寫好菜單並得意地拿來時，社員所有人全抱頭傷腦筋，那情況也令人懷念。

「……結束後，我要給那傢伙處以極刑。」

已經完全成為現場重要成員的樋山學姊，說出了這麼可怕的言論。

「我要把他的屁股插上拉坏台，將泥土和黃芥末攪拌好，一邊轉一邊通通揉進他身體上可以稱為洞的地方！」

聽起來是很可怕的酷刑，但那個人好像還滿M屬性的，到時不要太高興就好。

「那位本人去哪裡了？」

「就算待在店裡，也只是拿奈奈子的數位相機拍照而已，覺得礙事就趕他去買東西了。」

「還做了這樣的事啊？」

不過，是奈奈子帶來自己的數位相機，說希望別人幫忙拍照的。

「雖然有說之後要取出檔案列印，可是還是要先確認過比較好吧。」

「是啊。」

憑他對照片的知識，的確是疏忽不得。

「嗯？橋場學弟，你看那裡。」

樋山學姊看著店內情況，如此對我出聲。

我照她所說的一看。

「這、這位客人，這裡不是那種店捏……」

志野亞貴一臉不知所措地應對著客人。

「妳的腔調超可愛的耶，哪裡人？九州嗎？」

「呃，那個……」

「我爸也是那裡的人喔——妳知道〇〇大學嗎？我是那邊的學生。下次要不要跟我一起去喝兩杯啊？」

不過這情況怎麼看都怪怪的。

講話的人似乎是其他大學的學生，同桌還坐著另外兩名看似朋友的人，黝黑的肌膚配上飾品，怎麼看都相當輕浮。

這不是一般的聊天，很明顯是在搭訕了。而且最重要的是，志野亞貴討厭眼前的情況。

「我去看一下。」

「也好……啊，橋場學弟，他們！」

「……！」

男子對志野亞貴伸出手，一把抓住她的手腕。

志野亞貴搖著頭，顯露出更加強烈的厭惡感。這種行為完全踩線了。

「我去阻止對方，桐生學長還沒回來對吧？」

樋山學姊搖搖頭，苦惱地抱頭說道：

「我有叫他買完趕快回來的，氣死我了！」

雖然桐生學長身形削瘦靠不住，但也沒辦法了，這時候需要多一個男性來幫忙。

「……樋山學姊，麻煩妳打電話給桐生學長，跟他說希望他馬上趕回來，然後如果可以的話，多帶幾個人過來。」

「知道了。」

樋山學姊點點頭，走出廚房到外面去。

接著，我直接往店內走去。

「這位客人，可以麻煩你住手嗎？」

我拉開抓住志野亞貴手腕的手，介入兩人之間。

「……怎樣，你幹麼？」

男子頓時一臉不爽地看著我。

「我們工作人員不喜歡這樣，真的很抱歉，麻煩請不要做這種事。」

三人嘲弄似地發出令人不快的大笑聲。

「可以嗎？」

我吞忍下火大的情緒，再次開口詢問。

接著，三人同時從位置上站起，威嚇似地將身體朝向我。

當中最為高大，像是帶頭的那名男子說：

「你怎樣？是這女孩子的男朋友是不是？」

「不是的。但是，我是這間店的負責人。」

其實不是真的，但現在還是這樣說比較好。

「你說什麼？這間可是女僕咖啡店喔？」

「是的。」

「穿成這樣，還開這種店，多少有這種事情發生也是合理的吧？如果不想陪笑招待，那一開始就不要做就好了啊，是不是啊？」

「這是客人您自以為是的藉口吧。抱歉，本店剛好不是那種店家。」

把臉湊近我的機器助晒男，完全是帶著瞧不起的表情，額頭上還爆著青筋。

「你從剛才就一副很囂張的樣子，看來不吃一頓苦頭是不知道怕啊？」

我內心多少有些驚恐，雖然說心情上並不太害怕，但體格沒人家好，又幾乎沒有打過架，對我來說要以肉體語言來溝通實在會滿辛苦的。

可是，總不能在這裡退縮。我得保護志野亞貴和這間店，不受這些傢伙威脅才行。

（桐生學長在幹麼，還不趕快……！）

就在我帶著緊張急迫的心情，用力瞪著機器助晒男時。

「嗯——明明是念不錯的學校，行為卻比那些小混混還不如耶你們。」

奈奈子不知道什麼時候來到男子們身後，從對方丟在桌上的錢包裡抽出了學生證，一邊看一邊「嗯嗯」地點著頭。

「混、混帳，幹麼隨便看別人的東西，還來!!」

機器助晒男慌慌張張地，從奈奈子的手上搶回學生證。

可是，奈奈子卻呵呵笑地嘲諷他們。

「這間大學前陣子，才剛因為強灌低年級學生喝酒鬧上新聞而已。要是我們報警的話，對你們可能不是件好事喔，是吧？經濟學系三年級的松嶋先生？」

隱約聽見對方「嘖」了一聲。

「妳有證據嗎妳？沒有任何證據就告我們的話，我們也是……噎？」

一旁的罫子學姊，將奈奈子數位相機的畫面轉向我們，並重播影片。

「嗚哇，安捏可不行哦，志野亞貴ㄚ頭明明覺得討厭……臉拍得粉清楚，就算縮不是我們也不會被採信的，馬上就再見溜。」

冷笑地說著感想的同時，煽動對方不安的情緒。

不管是剛剛抓住志野亞貴的手，還是對我威脅恐嚇的畫面，全都被拍了下來。這要想狡辯看來是很難了。

「妳什麼時候拍的……！」

大概是沒想到會被錄下來，機器助晒男明顯變得慌張。

「趕快走吧，你們要是現在離開，我們就當什麼事情都沒發生過，要是再繼續堅持下去，我們也是得有我們的考量的。」

奈奈子死瞪著這群男子。

那股狠勁瞬間讓三人畏縮了一下。

「阿橋，怎麼樣了!?我聽說出現了奇怪的人！」

這時，桐生學長帶著凌厲的氣勢回來了。

「我還去摔角社、相撲社和空手道社叫了很厲害的人來！那些找麻煩的小混混在哪裡！」

三名身高看來有一九〇公分的高大男子，就站在門口看向我們這邊。

見到那些人的模樣，機器助晒男等人臉色明顯發青。

「囉、囉嗦，這裡無聊死了，我、我們走。」

一撂完話，他們便迅速起身，急急忙忙地逃離現場。

目送他們離開後，我這才呼——地吐出長長的一口氣。

連同其他客人在內，現場所有人也都頓時解除了緊張的狀態。

「奈奈子，謝謝妳，妳剛那招超讚的！」

我向完美助殺的奈奈子道了聲謝。多虧有她跟罫子學姊削弱了那幫人的氣勢，才沒有演變成大騷動。

但就在下個瞬間，奈奈子一個腿軟踉蹌，趕緊伸手扶住牆壁。

「怎、怎麼了，奈奈子？」

「沒事，膽小鬼果然沒辦法勉強嚇唬人，要是他們全逼近我可就完了……嘿嘿。」

奈奈子不好意思地笑著。

「外表看來我好像天不怕地不怕，但其實我真的不敢那樣。不過在剛剛那種情況下不做也不行，就憑著一股氣上前了。」

「……嗯，謝謝，多虧這樣才幫了我跟志野亞貴。」

接著，我看向志野亞貴。

她被剛剛的事情嚇到，可憐兮兮地含著淚水。

「恭也同學。」

志野亞貴衝到我身旁。

「志野亞貴，沒事了……哇！」

一個用力，志野亞貴從正面緊緊抱住看著她的我。

「那些人好可怕喔……謝謝你救了我。」

我就這樣一直被緊緊抱住。

志野亞貴的臉大約在我的胸口附近，鼻子、嘴巴之類的抵著胸膛，感覺有些搔癢。而再往下，則有非常柔軟的物體……

（繼上次奈奈子之後……！）

明明才剛經歷過那樣可怕的事情，卻希望可以一直沉浸在這樣幸福的感受裡……這種想法就是男人的本性。

「啊，不會……真是太好了，嗯。不過，志野亞貴。」

我試圖保持平靜地跟她說話，並將志野亞貴的身體輕輕拉開。

「妳看，全部的人都在這裡。」

其他的客人、店裡的工作人員，所有人都在看我們。

「啊，對不起捏……」

志野亞貴終於察覺，迅速地拉開距離。

「……唉呀，啊哈哈……」

之後大家對我發出的笑聲，尤其是工作人員那種賊笑，讓我覺得渾身不自在。

傍晚五點。

雖然期間好幾次緊急外出採購，但學園祭的第一天總算結束了。

而且各種經費在第一天就完美回收了，這下可就確定穩賺不賠了

「唉呀，該怎麼說才好呢，真是多虧我如天才般的直覺啊，感覺好像已經連下學期的預算都有著落了，對吧。」

「桐生學長，拜託你絕對不要在樋山學姊面前說這些。你下次真的會濺血的喔。」

我回想起剛剛樋山學姊以滿布血絲的雙眼，狠狠說要「處以極刑」的表情。

「我知道啦，我也只敢在同樣身為變態的阿橋面前說這種話而已。」

「拜託你不要隨便把別人歸在奇怪的分類裡！」

雖然我很尊敬身為寫真學科的桐生學長，但人性部分還是需要注意。

「不要這麼說嘛，阿橋你自己還不是一樣，明明在志野亞貴的事情上，就不會這麼強硬。」

桐生學長用猥瑣的目光看著。

「呃……」

拿出志野亞貴的事情來講，那可就有點狼狽。問我是不是在交往，也很令人傷腦筋。

「總之，真的辛苦啦。多虧有阿橋才得救了，特別是剛剛那情況真的很抱歉。」

桐生學長拍了拍我的雙肩，慰勞我的辛苦。

「不會，幸好沒演變成嚴重事態。」

在那場騷動之後，桐生學長為自己不在現場的事情向大家道歉，並且做出了調整，以便能馬上連絡到身為他朋友的硬漢三人組。

還有，雖然已經有請硬漢三人組學長們喝飲料，不過他們在受到女僕的款待後，相當開心地回去了。

「話說回來，女僕那三個女孩子水準之高啊……就好像置身天堂一樣。」

「還以為你在誇獎她們工作，原來是在說外表嗎？」

「都有啊，我不就是在讚美她們各方面都很高水準嗎？」

事實上，大家工作起來真的就是無懈可擊。

一開始因為緊張和害羞而顯得僵硬笨拙，但看她們無論是行為舉止或接待客人，後來都慢慢習慣，也就放心了。

「是啊，就連一開始覺得很尷尬的奈奈子，也做得非常好。」

還有那趕走混混的膽識也是，她真的是很會招呼客人

「記得……是小暮學妹對吧?她很有活力啊。」

「是啊，不管怎麼說她是還滿習慣服務業的，也是最受歡迎的吧?」

而且好像也一直有客人拜託她，讓他們拍張照。

「太好了，這樣也可以讓她多少忘記一些不開心的事。」

「咦?」

「記得她好像前陣子還滿低潮的吧……希望她能在這樣胡鬧之下，恢復一點活力……」

呼出香菸的煙霧，桐生學長瞇起了眼睛。

「我能做的，也只有創造這種胡鬧的機會而已。」

「桐生學長……」

我看著他的側臉。

「……你剛剛才想到的推託說法吧?」

「奇怪?怎麼會被你發現了呢?」

那當然啊。

因為桐生學長跟奈奈子才認識不到一個月……

◇

學園祭第一天結束，美研的大夥兒也在簡單的整理過後解散了。

「呼……一整天這樣站下來，真的是很累啊……」

「因為我們一直在講話咩～喉嚨都啞了呢。」

天色漸暗，回到共享住宅時，奈奈子和志野亞貴都已經一副精疲力盡的樣子。

「喔，回來啦。」

打工結束回到家的貫之打了聲招呼。

「這樣聽起來，摸摸女僕咖啡店似乎盛況空前嘔噗！」

「哪有可能給摸啊！不過，要來摸的蠢蛋全被恭也罵跑了。」

奈奈子俐落地一掌打上貫之的頭，拍掉他的嘲弄。

「噎？有那種怪客去喔？你們都還好嗎？」

對於奈奈子所報告的事情，貫之表情頓時一變。

「沒事了啦～我只是被拉了一下手而已咩。」

「問題又不是只被拉一下就沒關係，真的沒事嗎？」

「嗯，沒問題的。」

聽見志野亞貴的話，貫之是真的很擔心的樣子。無論怎麼說，像這種時刻他還是很可靠的。

「而且奈奈子很厲害喔，完全擊退了那些傢伙。」

「這有什麼稀奇的，這是她的日常吧？」

「喂，貫之！你就不能稍微擔心我一下嗎!?」

「身為前不良少女的小灰姊，說這什麼話嘎！」

貫之的腦門再次遭奈奈子拳頭重擊。

「不是跟你說過，不要拿我的名字開玩笑！」

……奈奈子，妳這樣揍他剛好變得有點說服力喔。

不過自從那個混混之後，只要有棘手的客人，奈奈子都會一馬當先去接待，真的是幫了很大的忙。要志野亞貴做到那樣，實在不太可能。

『奇怪？真的假的，你說想摸？我話先說好囉，這收費可是很貴的～那不然我偷偷給你隱藏版價目表好了？』

看來也是有人會以逆向操作的方式，削弱對方的企圖，總之這些先放到一邊。

「貫之至少也來個一天啊，規模大到超乎想像，而且很有趣。」

「對啊，一直打工也很無聊吧，偶爾也來轉換一下心情嘛？」

我跟奈奈子嘗試邀貫之去玩。

「不用了，我又沒有心情差到得需要轉換的地步，而且我也不感興趣，不過……」

貫之攤開不知道從哪裡拿到的簡介。

「我聽說啊，影研的獨立自製電影『鬼畜們的宴會』要上映了，要是錯過這次，可能短時間內沒有機會再看到……」

奈奈子誇張地大嘆一口氣。

「想去就直說不就好了，你真的很不坦率耶。」

「囉嗦！我就是在說動機不一樣好嗎！動機！」

原來這世界上真的有感情好的吵架，眼前這兩人就像這樣，你一言我一語地誰也不讓誰。

真是的，我無奈地看著這副景象，忽然間……

「嗯……？」

目光轉向志野亞貴。

「…………嗯。」

眼神不可思議地交會，四目交接了約兩、三秒的時間。

「……唔嗯。」

沒有特別說什麼，也沒有任何意思。

我們兩人對著彼此露出了笑容，互相交換示意的眼神。

的想法。

◇

學園祭第二天。

這天因為活動比較少的關係，還以為可以比較輕鬆一點，沒想到這完全是個天真的想法。

「請號碼牌二十六號到三十八號的客人入場！」

聽到我說的話，客人一起湧進了店內。

「這邊！客人這邊請。請先入座稍待點餐喔～」

志野亞貴以可愛的微笑，引導客人入座。

而每位男性客人，全都露出興奮的笑容陸續坐下。

「想要點什麼呢？我們各種豐富的飲料和餐點喔。」

機靈俐落的奈奈子，始終帶著笑容聽取客人的點單。

坐在位子上的客人們，全都帶著讚賞的目光看著她們。

「只要飲料？不來點東西吃啊？這裡可是色香味俱全溜！」

就算是幼女身體飛出大嬸味而嚇人一跳的女僕，也獲得了一定程度的客人支持。

還有無法入店的人，就從窗外看著女僕們。

而不同於前頭如此優雅的空間，今天後方戰線也同樣快死了。

「橋長學弟！麵粉已經用完了！」

樋山學姊的報告伴隨著哀叫。

「不會吧！早上有的那幾袋都用光了？」

「那個～有客人點單了，是不是先停售麵粉類的餐點比較好？」

「啊啊奈奈子！等、等一下！……橋場學弟，你跑一趟這單子上面寫的地方，跟裡面一個叫田島的人說明情況，然後跟她拿麵粉回來。」

「好……等下，這不是工藝研究室嗎？」

「那邊有儲備物資，提供給在裡頭過夜的學生和研究生。我們得砸錢買了！」

怎麼頓時變成很了不起的話題。

「我知道了，現在就過去。不過如果這些量，也是會馬上用完的。」

「對啊……怎麼辦才好呢？」

「嗯……啊，對了，記得南河內工業區有麵粉製造業者吧。」

「你是說河邊那間吧？怎麼樣嗎？」

「我打電話去問問看，看能不能直接跟他們買。」

「等等，應該不可能吧？而且買了之後要怎麼搬……」

「我問好了，沒問題。我已經交代朋友，請他幫忙載過來。」

「……橋場學弟，你其實讀錯大學了吧？」

樋山學姊表情嚴肅地問著我。

還好啦，畢竟我本來就曾是個普通社會人士，而且骨子裡還是個快三十歲的大叔……

「恭也同學，即溶咖啡粉也快沒了捏～」

「噎?志野亞貴，妳說真的!先擋一下客人!這期間先讓我查查看業者……啊啊真是的，這種傳統手機有夠難搜尋的!」

「不過也還好，畢竟不用查號台就方便多了，時代真的已經進步了。」

十年後，會變成更進步、更進步的時代喔……學姊。

打電話拜託業者留貨，一處理完又馬上告知學姊。

「我出去採買了喔!」

買完東西回來之後，再將材料大致整理好。

可惜的是，沒有辦法買到太多業務用麵粉，其他的庫存也只找到差不多的量而已。

「感覺這些量還不夠撐完今天一整天呢……」

「總之先做到中午，然後我們再來看看情況?」

我向樋山學姊點點頭。

「橋場學弟，四號桌的客人好像有什麼問題的樣子。」

看來優雅的老紳士四處張望著，看起來像是在尋找店員。女僕們有其他的工作在忙，還是我去一趟比較好吧。

「我去看看。」

就在我急忙衝向店內時。

「主人，請問您有什麼需要服務的嗎？」

就見到奈奈子已經在詢問老紳士了。

「好的，如果是這個展覽的話，您要走過八號館前面——」

奈奈子打開簡介，溫柔而仔細地應對著。

我早就知道她很適合這身美國風女僕裝，但看了現在的奈奈子，更是清楚了解到，她會那麼受歡迎絕對不只是因為這樣。

她已經習於接待客人，笑容也相當爽朗。細膩的動作上也毫無一絲煩躁感，自然展現出衷心樂於與人交流的氣息。

「我可以理解……」

當我不禁深有感觸地呢喃出聲時，奈奈子便轉過頭看著我。

「真、真是的，恭也你幹麼一直盯著我看啦，這樣我很不好意思耶……？」

「抱、抱歉，忍不住就……」

被發現自己看到出神了。

「因為奈奈子實在太會接待客人，不小心就看到出神了。」

「哪、哪有啦，才沒有的事呢，我哪有那麼厲害。只是因為打工作習慣了而已，沒什麼……」

大概是被稱讚很不好意思，她臉頰微微泛紅，露出羞赧笑容的同時，身體也扭來扭去。就是連同這點在內，整個完美。

正好這時準備換一批新的客人進來，奈奈子也稍微可以輕鬆一點的時候。

我內心湧現了一絲絲惡作劇的念頭。

「奈、奈奈子……妳可以對我做一次嗎？就是『主人，歡迎回來』那個。」

忍不住還是做這樣的拜託。

「啊、啊!?這丟臉的事情我哪做得出來啊！」

奈奈子當然是某搖手拒絕，但是……

「因為我不是客人，一直都沒有辦法看到奈奈子這一方面的魅力，真的覺得非常可惜……所以……」

「就算你這樣說……」

奈奈子還是很猶豫的樣子。

「好、好吧，就一次……而已喔？」

大概是下定決心了，她先轉向一旁並簡單做個深呼吸之後，再一個回身面向我。

「主人，歡迎回來。」

帶著燦爛綻放的笑容，開朗地對著我做出招呼的動作。

這下子都充飽電了。要是當時二十八歲的我，知道有這種女孩子服務的店家，一定會當天求買回數票，或者是要求辦全年通行的會員證。

「嗚哇……太讚了。」

忍不住脫口而出。

奈奈子大概是頓時又開始覺得尷尬，臉頰比剛才更紅了。

「好、好了，解散，我說解散了！你趕快去那邊啦！」

我被她不停推著，趕到後頭去了。

……不過，能讓我看到這麼美好的畫面，真的很感激。

「啊！」

「呀！」

我差點跟回來拿餐點的志野亞貴撞在一起。

「抱歉，志野亞貴，妳有沒有受傷？」

「沒事啦，就算發生什麼事，恭也同學都會救我的咩，沒問題的。」

志野亞貴對我投以完全信賴的目光。

昨天在家裡也是這樣，我感覺到志野亞貴的雙眼，變成比以前更柔軟許多。

總覺得那股氣氛，該說是開心或是挑動的感覺。

「耶嘿嘿。」

「嗚呵呵。」

兩人不禁相視而笑。

「幹麼，你們兩個在這裡做神模！下一組人客要進來了縮？」

在野子學姊提醒下，我們回過神。

「啊，對不起！好，志野亞貴，就跟之前一樣喔！」

「好～呦，主人，歡迎回來～！」

背後傳來志野亞貴充滿活力的聲音，我再次走向後頭。

◇

怒濤般的時間結束，暫時可以先休息一下了。

「誰說今天人會比較少的，誰!!」

就算想要發火，也找不到對象。

今天女僕咖啡店也湧進了大量的客人，而且數量甚至超過昨天。就連現在都有客人在店外排隊，等著我們重新開張。

「啊啊傷腦筋，怎麼辦，再這樣下去餐點會不夠，要再煮也太慢了！」

管理廚房的樋山學姊，不禁發出了哀嚎。

「一直煮一直煮也還是完全不夠！這間店是怎麼回事啊，該多請一個新的人來打工吧!!」

因為太過忙碌，已經開始搞不清楚學園祭的活動跟打工的分別了。

「變成這樣也沒辦法，來刪減菜單吧。」

「刪減菜單？」

「雖然我也不想，可是也沒其他辦法了。首先把那些要開火的、花時間的，都從菜單中拿掉吧。」

「說得也是，都到這個地步了，也只能這樣了呢……」

「是啊……」

就在這時，廚房的門被一個用力推開。

「各位聽我說！這可是我費盡全心全力規劃出來如珠寶般的各種菜色，怎麼可以做出刪減這種嘎齁！」

話說到一半，樋山學姊就用力把門關上，而且好像夾到了桐生學長的鼻子。

「那麼接著就來確認菜單吧。我會進行挑選並迅速刪除，橋場學弟，麻煩你向等待的客人說明，並張貼告知。這樣可以吧？」

「好！」

休息時間結束，咖啡店再次開張，並且也迅速地適應了樋山學姊在菜單上的更動。

我在確認過後，開始向等待的客人說明。

「非常抱歉，因為材料的關係，我們對菜單做了些調整。」

儘管聽到了一些遺憾的聲音，不過大家好像都可以接受。

要是一般的店家，或許就會有客人來抱怨一大堆，不過這裡是學園祭，而且大家都是為了女僕而來這點，算是幫了我們大忙。

「好了，接著就是張貼告示……咦？」

當我準備回到店裡，就在身體轉向的時候。

「時、時機點好像不太對喔……」

遇上了莫名顯得有些慌張的河瀨川。

「妳有來學園祭啊。」

「反正你一定覺得我很不適合這種場合吧？」

還是那副老樣子，果然就是會說出這種標準台詞的人。

「才沒這回事。只不過，我以為如果沒有必要的話，妳是不會來的。」

「……果然是給人這種印象，但你也沒猜錯就是了。」

河瀨川抱怨的同時，打了簡介。

「『鬼畜們的宴會』要上映了，很難得有這種機會，想說不能錯過，所以就來了。」

「噎？河瀨川你也是為了要看那部片才來的喔？」

「這樣聽來還有其他人也是呢，還滿會挑片的啊。」

我還是先不要告訴她是貫之好了。

不過，認真努力的人，果然想法也都是一樣的。

「而且，我是想來道個歉的。」

「跟奈奈子嗎？」

河瀨川點點頭。

「結果到頭來，自從那次之後，都沒能跟本人說些什麼。畢竟已經被某人的花言巧語說服繼續留在同一組裡，我不想還有疙瘩。」

「妳想太多了，而且我覺得不要道歉比較好。」

「為什麼啊？」

「因為奈奈子現在已經開始認真面對唱歌這件事了，這是那次妳跟她說的那番話所成就的契機。」

雖然說多少有點太過直接，但現在想想，那個打擊療法還真是有效。

正因為奈奈子自己也理解，才會說她明白河瀨川的意思。

「那所以我來這裡，只是白費事就對了。」

「我可沒有這樣說喔。」

「太好了，因為這樣我就不用勉強自己吃滿滿愛意的萌萌鬆餅了。」

像這種事，其實只要點飲料就好了吧……

遵守莫名的禮儀又笨拙，真的是很有趣的女孩子。

「哪天可以的話，聽聽看奈奈子的歌聲吧。」

「等她真的認真唱的時候吧。」

河瀨川點點頭，把簡介摺好收進包包裡。

「那就這樣吧，影片上映時間快到了，先走囉。」

「妳明天不來嗎？」

「不知道呢，如果有必要來的話，我就會來。」

用冷淡的表情，做出『如她風格』的回答。

「那就再見囉。」

河瀨川帶著一如往常的不親切，飄揚著裙襬離開。

◇

「感覺第二天應該可以想辦法撐過去了。」

再次開張後，因為菜單更動帶來的效果，成功減輕了大家的負擔。並且結束時間也逐步接近，也沒有新的客人再上門了。

我放心地喘了口氣，坐在椅子上。

「橋場學弟，辛苦了。」

樋山學姊大概也因為不再那麼忙亂，表情趨於和緩。

「時機點正好，你要不要休息一下？」

「咦？可是店內那邊不要緊嗎？」

聽見我的疑問，樋山學姊看向放有材料的地方。

「就像你所看到的，現在已經沒有庫存了，再考量到剩下的時間，只要把現有的東西賣到完就好了吧。」

「那就恭敬不如從命了，樋山學姊也找個地方休息一下吧。」

「謝謝。總之，我現在好好工作，到時候會跟桐生學長討回來的。」

原來如此，那位的確是很好利用的感覺……

（桐生學長，看來你這次可是欠下一大筆了哪……）

時間來到傍晚，尖峰時間已經過去，會場也瀰漫著輕鬆的氣氛。

或許趁這個時間，剛好可以去看看因為忙碌而無法去欣賞的展覽。

「因為如果是常態的展出，這個時間去看最好。已經熟悉學園祭的人，都會待到這個時間。」

一邊指引著我們，桐生學長一臉內行的樣子一邊說道。

「桐生學長，你就這樣跑出來沒關係嗎？」

一踏出咖啡店，桐生學長馬上帶著笑容追了上來。

可是，我記得這個時間，他明明被交代要負責清掃店內的。

「嗯，這個嘛……也還好吧！畢竟也快到結束的時間了！」

沒有解決任何問題的答案丟了回來。

你之後要是遭遇什麼，可不關我的事喔……

「而且，要是我說出現在要去看的東西，他們絕對用像看髒東西一樣的眼神看我的。雖然有時候也覺得那樣很愉快，但現在不是那種心情。」

「是啊，如果知道是要去看動漫社的同人誌和同人遊戲的話，一定會有那種反應吧。」

「阿橋！你講話可不可以不要那麼直啊！」

不然還有其他說法嗎？

讓桐生學長無論如何都要溜出店外看的展覽，就是大藝大動漫社推出的原創同人誌和同人遊戲。

在眾多大藝出身的創作者當中，有不少是插畫家。除了秋島志野特別出色之外，其他也培育了好幾個知名創作者。

在這當中，有許多ＯＢ、ＯＧ也參與其中的動漫社雜誌，被評為擁有頂尖水準，在學園祭舉辦的小規模現場攤位，更被視為口袋必訪名單。

「因為不但夏季、冬季同人展買不到，就連網路也幾乎都沒有。要想活用藝大生的特權，就只有趁這個時候啦！」

我想應該也有其他時候就是了。

……於是，我想跟女孩子逛學園祭的目的，一下子就消失得無影蹤，變成來配合學長的慾望。

「不好意思啊，橋場。連我也一起跟來了！」

「不會，沒關係的。畢竟一個人也是有點尷尬。」

然後還碰巧遇到了這個好色忍者•火川元氣郎，不知為何他也就跟我們一道了。

對了，他本來好像是打算第三天要去的，真不愧是玩遍色情遊戲的現役好色忍者。

「火川學弟你有聽到嗎！阿橋他說一個去很尷尬耶！」

「噢嘶！我就算一個人也會去的，學長！」

我冷冷地看著莫名意氣相投的兩人。

（不過呢，能看到這個時代插畫家們的畫，也是滿開心的一件事……）

十年前的畫家，還是有很多人至今也都相當活躍，還有一些是將在未來十年當中嶄露頭角的。

能看到這樣的過程變遷，或許也頗有意思的。

動漫社的現場販售攤位，不是在教室，而是在社辦。

「為什麼不在教室販售？」

聽到我的詢問，桐生學長指指門上的告示。

「噎？未滿十八歲禁止進入……所以有賣色情內容的啊！」

「那是當然的啊，就是這樣我才要偷偷地來啊。」

原來如此，這就是桐生學長點燃熱情的原因。

一踏進裡頭，就看到狹長的社辦兩側，擺著熟悉的長桌。

「噢噢！這就是愛姬絲軟體的原畫耶！還有這個是ＯＣＴＯＢＥＲ社的新作……太厲害了！」

火川一進來就發出驚呼，

「你還滿內行……啊啊，你是桐生的朋友啊？」

裡面有個長髮、削瘦，還蓄著山羊鬍，怎麼看都像是大前輩感覺的人跟我們搭話。

桐生學長沒有回應，只是來回看著桌上的書本。

「山科，這本是試閱本對吧？還有沒有庫存……？」

名為山科的社員搖了搖頭。

「沒有，都賣完了。」

「真假！我太傷心了！我還答應同學要以原價多兩百賣給他的，怎麼會這樣！」

桐生學長看來是真的很沮喪，還用雙手抱住頭。

不過話說回來，竟然在做這種窮酸的轉賣，這樣不好喔。

「我之後再問作者本人看看，說不定還有留一些庫存。」

山科學長安慰似地說著。

「所以那兩個人是？」

然後看向了我們。

「啊，我是映像學科一年級的橋場。」

「我也是一年級，我叫火川。」

「我是山科，動漫社的社長。你們來是因為喜歡電玩嗎？」

「呃、呃對，我跟火川都喜歡電玩。」

山科學長站了起來，拿CD－R給我們。

「我們在做的事情就是像這個，大概不是你們會感興趣的面向，但如果不嫌棄的話可以玩玩看。」

ROM背面還貼有印刷物。

「這……也太厲害了。」

上面呈現著各種背景美術設計。有春夏秋冬的大城市與鄉間，還有天空的模樣。橫跨各種領域描繪出的畫作，相當地美麗。

「山科是讀美術學科的，因為崇拜吉比力工作室的作品、伊沙那岐的美術等等，而進行作品創作的。從以前他就一直講說，這些才是重要的。」

山科學長苦笑道：

「要是問我說到底有多必要，也很難講就是了。實際上，我就算送出作品集，也一定會被問『沒有女孩子的圖嗎？』這種話。明明是動漫社社長，卻比其他社員都還要不受歡迎。」

他用指頭敲著ROM。

「雖然我總覺得哪天一定會派上用場的……但投入這麼沒人氣的領域，還是會覺得不安。」

「…………」

這勾起了我某個記憶。

二〇一六年有個爆紅的社群遊戲，那位美術總監光靠自己一個人，就建構起了那美麗的奇幻世界。

雖然記憶頗為模糊，但我印象中那個人的姓好像就是「山科」。

就算那號人物跟眼前的山科學長不是同一人好了，十年後，背景美術人才也是很搶手的。接下來，山科學長一定會有越來越多工作找上門。

「那、那個……」

「嗯？怎麼了？」

雖然未來的事，當然不能說出口，而且反而說出來的話，可能還會被嘲笑。

所以，就採取跟志野亞貴那時候相同的做法。

「雖然說不太上來，但是我……喜歡山科學長的作品。」

突然聽到這番話，山科學長好像有點嚇到。

「謝謝，光是聽到你這麼說，就可以鼓勵我了。」

不過還是很高興的樣子，笑著如此回答。

桐生學長也一起聊了一會兒，最後什麼都沒買就解散了。

「太大意了……明年一定要從第一天就來排。」

這好像某些只買不看的人會說的話，不過話說回來，他現在都已經是五年級生了，難道還打算在學校待到明年嗎……

「大藝果然不簡單！好多原畫師已經在第一線繪圖了，其他學校很少有這種事耶！」

火川似乎相當興奮。

「對啊……大家都好努力。」

我看著手上的ROM，再次回想這十年的時光。

不只是背景美術，就連價值觀也在這十年間有了劇烈的改變。

就連同樣持續活躍的人們，也隨著那價值觀改變著自己。

不管有多清楚未來的事情，到頭來重點還是那行動力與信念。

「得好好努力才行……是吧……」

將ROM在胸前緊緊一抱後，慎重地收到了包包裡。

雖然在什麼都不知道的情況下，就被帶來了這個展場，但是卻因此看到了很棒的作品。

「火川學弟！你覺得下次會是哪種色情遊戲登場!?」

前面的兩位，竟然還是持續在同一個主題不斷延續討論著。

「這麼嘛，我自己覺得，應該還是校園類的吧！」

「我也同意，畢竟不掌握這方面的話，基本上就很難成氣候啊。」

桐生學長認同地頻頻點頭，接著又說：

「我……其實有喜歡的類型，可是都賣得不怎麼好。」

「喔？是啥？」

「ＳＦ，而且是女孩子穿戰鬥服那種。」

「嘎啊——！那真的不太好賣耶！我自己倒是期待哪天會有熱血運動類的，因為我很重劇情。」

「熱血運動類！這也滿有難度的耶～就算十年後也沒辦法啦！」

「哈哈哈，也是啦!!」

兩人氣氛超熱烈，還講得哈哈大笑。

八年後，會有女孩子身穿戰鬥服，腳踩會升空飛天的鞋子，ＳＦ熱血運動類型的美少女電玩非常暢銷，甚至還做成動畫……

「不過在這個時代的話，會這樣想也是可以理解……嗯。」

我不禁覺得，未來的世界真的好厲害啊。

◇

學園祭第三天。

為了收拾前一天的東西並做好今天的準備，我比大家先早一步來到美研社辦。

「早安——……咦？」

本來還以為不會有人在，眼前的畫面卻違背了這個想法。

「唔～～～～～嗯…………」

「啊………」

美研的兩位學長一個抱著頭，一個雙手交叉胸前，各自以怪異的姿勢發出呻吟。

「柿原學長、杉本學長……你們怎麼會在這裡？」

「喔、喔喔，是橋場學弟啊。」

柿原學長朝我露出笑容。

但是他的眼睛下方，明顯掛著表示沒睡覺的濃濃黑眼圈。

「沒啦，沒什麼，在弄現場表演的事情……」

杉本學長也同樣露出笑容，但他的表情也是明顯看得見疲勞。

「對了，那女孩子後來打起精神了嗎？」

「嗯，確實照著計劃在努力中。」

「那真是太好了！總之呢，被很多人提點是會帶來成長的。」

杉本學長滿意似地頻頻點頭。

「學長，我要帶走備用的碗和榨汁機喔，雖然店那邊有，可是不太夠用。」

「喔，好啊好啊，儘管拿去。」

「抱歉，沒辦法幫你們，幫我們跟那邊的人打聲招呼。」

兩位學長回答的時候顯得氣氛低迷，感覺反而還比較需要我們的關心。

「那我就先走一步了……」

鞠了個躬後，我就拿著備用物品走向外頭。

然後直接把耳朵貼在社辦的門上，嘗試聽聽看裡面的聲音。

「……拿著……就這樣……的話……要做嗎？現在……之類的……對吧？」

「大……喔……吸住。不這樣的話會全部……就……了。」

雖然聽不太懂是什麼狀況，但可以想像得到不是太好的情形。

「……我想最好還是不要插手。」

雖然對學長們很不好意思，但如果要做的事情再繼續增加的話，情況可就嚴重了。

◇

「你！覺悟吧，佐助!!」

「怎麼樣穎齋，你會被回擊得很慘喔！」

第三天的中午，忍術研究會的舞台劇，就在中央廣場的主舞台上演。雖然跟火川說了會去看，但遲遲沒辦法脫身。

「好厲害揑～互砍一點都不手軟揑。」

我跟志野亞貴利用休息時間，一起來欣賞演出。

「比想像得還要正式。」

還以為會像學生劇團的節奏，卻發現完全不是那麼一回事。這是一個完成度相當高的舞台劇，甚至還加上了後置音效，透過音控師將氣氛帶入。

「把對打劇碼演得這麼逼真，看得我完全喘不過氣來。」

我現在明白火川說「因為我們社團算是運動性質的」的原因了。

表演迎向最高潮，完成任務的忍者佐助，面對劍術高超的劍士穎齋，死命抵抗對方企圖消滅他的意圖。

「佐助！我並不恨你，但今天你必須死在這裡！」

然而，穎齋的劍貫穿了佐助的喉頭。

「唔……穎齋，你這混帳什麼時候變得這麼……了……」

可憐的是，最後佐助仍是化作地上的塵土，惟有始終存在於該地的大樹，守護著那身影……

「好悲傷的故事捏。」

「嗯，還滿值得一看的。」

果然是進行過無數次的公演，武打場面和故事內容都相當精彩。

悲傷的旋律迴盪，舞台劇準備迎向尾聲……

就在這時。

立於後方的大樹，突然間動了起來。

「恭也同學，那個是火川同學咩？」

我仔細一看，火川正慢慢靠近快死了的佐助。

「奇、奇怪……？」

就當我正在看他想幹什麼的時候。

「噢，佐助，要有意志力，從這裡再重新站起來！」

他忽然開始替倒下的佐助加油。

「笨、笨蛋，火川，就說你不用演啊！」

「噢，來吧，穎齋他沒什麼好怕的！」

看來火川似乎太投入戲劇裡，忘記自己角色的功能，還開始替演戲的學長加油。

「好了，火川，快過來這邊！」

「就是這樣才沒辦法給他有台詞的角色啊，真是的！」

舞台側邊衝出兩個黑衣人，把火川直接扛下去。

「嗚噢噢噢！你們幹麼，放我下來!!」

搞不清楚這是怎麼一回事，引發會場一陣小小的騷動。

「火川……希望哪天他能有角色可以演。」

雖然男子熱血是好事，但是再這樣下去的話，角色的名字可能就從樹木變成空氣了。

◇

一回到咖啡店內，就見到奈奈子一個人獨自留守。

「回來啦，忍者的舞台劇好看嗎？」

「很厲害捏～超逼真的，好有趣喔～」

接著，我跟志野亞貴兩個人開心地說起對公演的感想。

「咦？奈奈子妳還沒有換衣服喔？」

奈奈子再次看了看自己身上的女僕裝。

「嗯，難得有機會穿，想說乾脆就這樣穿到最後好了。」

之前那麼害羞的奈奈子，沒想到她習慣之後，似乎還滿喜歡這身打扮的。

今天的咖啡店，一反昨天和前天的喧鬧，安靜得令人不敢相信。

『都已經是最後一天了，就早點結束營業，享受學園祭吧。』

這是今天開店時，桐生學長的提議。這個「從準備期間以來，第一次說出了好的建議」，樋山學姊也贊成，大家也都點頭。

於是，咖啡店在今天中午過後就早早打烊，門口也掛上了『結束營業』的招牌。

然而，我們三人也沒怎麼逛，到頭來就是在這裡，像這樣隨意聊聊。畢竟也累了，而且這裡的氣氛又很舒服。

「怎麼回事，大家都在這啊？」

就在這時，突然探出了貫之的臉。

「噢！是女僕，有女僕！奈奈子妳在幹麼，真是不得了耶！」

「吵死了！因為是女僕咖啡店啊，穿成這樣也不是我願意！」

眼見奈奈子尷尬又火大，貫之一邊笑她「這個女僕好恐怖額」一邊踏進了店內。

「貫之，電影看完了嗎？」

「對啊，超好玩的。那已經不是學生電影的水準了！」

〈鬼畜們的宴會〉這部電影，原本是大藝的畢業作品。

但是公開後受到熱烈的迴響，被譽為可以在大阪電影節得獎的傳奇作品。

「這樣啊，好希望我們也能拍那種類型的電影。」

一聽到我這麼說，貫之哈哈大笑。

「是啊……真的是夢想。」

他就只有這麼回答。

「既然這樣，我也在這裡打發時間好了。」

從店內拿了張椅子過來，隨便找了個地方坐下。

「啊？為何啊？我正在這裡留守，你去找別的地方啦。」

「囉嗦耶，又沒有關係。」

沒有絲毫轉移陣地的意思，貫之拿出了文庫本，好整以暇地看了起來。

「奈奈子，泡杯咖啡來吧。」

「幹麼叫我去！」

「妳不是都有當女僕了，泡個咖啡又沒差。啊，不用施展什麼變好喝那一套喔。」

「你說什麼傻話，我才不會咧。」

兩人又一如往常地開始逗起嘴來。

「我們還是再去逛一下好咩？」

我點頭同意志野亞貴的提議。

「那我們走吧。」

於是兩人一起走出店外，回到廣場。

◇

看了寫真學科的展覽，在籃球隊的攤位吃了巧克力香蕉，還去參觀環境設計學科的巨大大阪模型，在電影研究會的攤位砸派，遊戲結束之後，太陽也開始西下，天色逐漸變得昏暗。

接著，在討論完要去哪裡之後，結果就是暫時先到沒有人的社辦休息一下。

社辦裡面有個鋪著榻榻米的空間，我們就一起坐了下來。

「度過了一段很棒的時間捏。」

盡情享受了學園祭，志野亞貴的心情相當好。

「大家的想法都不一樣捏，人類的創作好有趣呢。」

應該說不意外嗎？比起逛攤位，志野亞貴還是對展覽比較有興趣。

「畫畫上有學到什麼了嗎？」

「嗯，讓我很想現在馬上回去畫畫看。」

「馬上啊，真厲害。」

志野亞貴是貪婪的，不過這對於從事創作的人來說，是很重要的要素。

「因為我就是很任性咩，有想做的事情或想要的東西，就會一直想、一直想喔。」

臉上帶著微笑，回應的話語卻是有些強勢。

「希望能再讓恭也同學嚇一跳。」

「嗯，我期待著喔。」

「下次要畫什麼才好捏？」

志野亞貴凝神注視著窗外的夕陽，閃閃發亮的表情染上赤紅，看起來比往常更加倍可愛。

（我、我怎麼一直盯著看啦！）

慌張別開目光。

就在太陽下山的同時，氣溫也一口氣降了下來。方才因夕陽而通紅的這間社辦，也開始慢慢變得寒冷。其實平常差不多到了這個時間，基本上大家都會開始插上暖爐或是暖爐桌的電源取暖。

就在我準備站起身，想要找個可以用的電器時。

「咦……」

忽然間，視線模糊彷彿失去了焦距，跟平常不一樣，眼神始終無法對焦，而且視野一下子縮小，意識也開始模糊了起來。

「恭也同學……恭也同學？」

志野亞貴的聲音，彷彿是從遙遠的地方傳來，雖然內心覺得得要說些什麼、得要回應點什麼，但我就這樣失去了意識。

「啊……」

倒下似乎只是瞬間的事情，視線一下子就恢復正常。

「恭也同學，你沒事吧？」

志野亞貴從正上方擔心地看著我。

看來我剛剛似乎是直接昏了過去。

「你一直忙個不停，身體太勞累了捏。」

「可能是吧，還好啦，今天就結束了，沒事的。」

就在我說著並對她報以笑容的時候，這才注意到情況好像有點不對勁。

（奇怪？話說回來，為什麼志野亞貴的臉這麼近啊？）

眼前是志野亞貴溫柔的微笑。

而我的頭，就處在柔軟觸感與舒服氣味的當中。從後腦杓到脖子的地方，似乎直接緊緊貼在志野亞貴的大腿上。

這種情況，也就是說……

（噎？噎！……噎～～～～～～～～～～！！）

沒有發出驚叫聲，真可以說是奇蹟了。

我正枕在她的大腿上！從剛才昏倒到清醒的這段期間，我都一直躺在志野亞貴的大腿。

「志、志野亞貴，那個……」

「你好好躺著啦。」

就在我想撐起身體的時候，被如此斥責了。

「雙眼太疲勞了，乖乖躺著，知道嗎？」

「嗯、嗯……」

我點點頭，照她說的做。

志野亞貴把手輕輕放在我的前額和頭部，反覆溫柔地撫著。

她手的溫度，彷彿從頭頂傳遍全身。

「前天謝謝你捏，很開心恭也同學保護了我喔。」

想要開口，這回又再度被她的指頭阻止。

「安靜聽我說咩，真是有點不好意思。」

志野亞貴輕輕一笑。

「恭也同學總是很成熟的樣子，就像大哥哥一樣，那時候的你看起來真的很強大，讓人很安心。」

記得妳之前也有這樣說過呢，志野亞貴。

「雖然我沒有什麼可以回報你，但是恭也同學為我做的事情，我通通都記得喲。」

她講到這裡，便伸出雙手，像要包起來似地抱住我的頭。

「所以恭也同學，希望至少在你累了的時候，我可以像這樣……可以嗎？」

在志野亞貴身體的包覆下，我的視線變得昏暗，聲音也逐漸遙遠。

我突然毫無理由地想哭，志野亞貴包覆我的溫暖，融化了我原本內心的無力感和鬱悶，差點就要無所遁形於表面，然而我拚命地將其隱藏於內心。

或許只有五分鐘，或許已經過了三十分鐘也說不定，這段時間，志野亞貴始終輕撫著我的頭。

「果然累了捏，恭也同學，你剛剛睡著了喔。」

「咦？我……又睡著了啊。」

志野亞貴點點頭。

「嗯，看起來很舒服地睡著了，太好了捏。」

我看著志野亞貴的眼睛。

貼心而溫暖。同時又是我崇拜的對象。

「志野亞貴……」

我自然地將自己的右手，伸向志野亞貴的背後環住。

撐起了身體，讓自己的臉逐漸靠近她的臉蛋。

「嗯……」

志野亞貴也沒有閃躲的意思。

「……」

吞嚥下口水。

一公釐、一公釐地，以近乎發癢的緩慢速度靠近。

她依然動也不動。

更加靠近了，甚至能感覺到彼此微弱的呼吸。

這時我察覺到，她的眼睛緩緩地準備閉上。

想要撫上她臉，一抬起手，發現果然在顫抖。

下定決心，一個深深地吸氣，停止了顫抖。

嗶哩哩哩哩哩，嗶哩哩哩哩哩哩。

手機響起了來電鈴聲。

「……抱歉。」

志野亞貴輕輕一笑。

「不會，沒關係的。」

一接起電話。

「喂，你好……啊，奈奈子。」

接著，才講不到一分鐘，我就站了起來。

「什麼？學長他？」

奈奈子的聲音明顯帶著驚慌。

光是這樣，已經足夠傳達情況的嚴重程度了。

第五章　我能做的事

一趕到店裡，就看貫之、奈奈子，還有美研的成員通通都聚在一塊兒了。

所有人全都露出沉痛的表情。就連那位桐生學長，也表情嚴肅地注視著眼前的景象。

「怎麼回事？大家都來了。」

我一邊問一邊進到裡頭，就看到圓圈中央有名癱坐的男子。

那是二年級的杉本學長。而且仔細一看，他撐在地上的手還在發抖，事態可說非比尋常。

「杉本，就說不是你的錯了。」

柿原學長在一旁拍著他肩膀安慰。

可是，杉本學長搖搖頭。

「不，學長！是我的錯！都是因為我疏於聯絡和確認……嗚嗚！」

終於當場哭了出來。

由於跟迎新聚餐時那快樂的模樣差異太大，讓人更加感覺毛骨悚然。

「到底……發生了什麼事？」

忍不住出聲詢問，過了一會兒後，柿原學長回答道：

「你知道我跟杉本，在準備學園祭演唱會的事吧？」

「知道，而且從很久以前就開始準備了。」

「然後現在出了狀況。」

柿原學長憤慨地說了之後，大概是已經知道情況，桐生學長臉色難看地接著說道：

「……還偏偏是發生最糟糕的問題。」

「我們主要負責的是敲定人選。得詢問許多樂團和歌手，商量演出的事。因為關係到出場費用，所以是相當辛苦的工作。」

「而這次說要找相當大咖的人物，來擔綱壓軸演出的歌手。」

畢竟這已經是關西屈指可數的演唱會，想來一定是非常高壓的工作。

「大咖啊……」

「原本是找了很難請到的人，你知道森省吾吧？」

「什麼?本來是森省吾要來嗎？」

他是在這個時期，因為唱電視劇主題曲和電影主題曲而大紅大紫的歌手。

沒怎麼聽說他要來學園祭的事情，如果來了的話，想必會引起很大的騷動吧。

「杉本正好是在去年他走紅前詢問的，這傢伙是森省吾的死忠歌迷，所以當得到

ＯＫ的回覆時，真的非常開心。」

啊……嘆了口氣，搔搔頭髮。

「但沒想到，在那之後他突然走紅，所以聯繫上也開始變得拖延。原本就傲慢的態度，也讓人越來越看不下去，為避免真的有萬一，我們就沒有把他印在簡介上，想說要當作最高規格神祕嘉賓，結果……」

「什麼……！」

「今天……嗚嗚，對方聯絡我們……既然沒有印在簡介上，那沒來也沒關係吧。」

真的是很過分的狀況。

就因為無法確認，才為了降低風險而不敢明講說「會來」，考慮到觀眾們的心情才出此對策，這也是沒有辦法的事。

但卻反而被對方抓住這點，當作臨時取消的理由……實在是不可理喻的混蛋。

「好過分……」

「什麼跟什麼嘛，根本就是找藉口而已……」

貫之和奈奈子也都氣到講話發抖。

「就是啊，所以杉本完全是受害者，但從委員會的立場來看，表演要是開天窗，就是杉本的責任了。」

「怎麼可以這樣……」

手機來電鈴聲響起，杉本學長鐵青著臉接起了電話。

「你好，是……抱歉，我想應該不可能了。是……我明白了，總之我先過去一趟。」

嗶地一聲掛掉電話。

「表演時間快到了，那我先……」

「杉本，你真的不要在意，因為這是意外啊。」

即便柿原學長如此安慰，杉本學長還是一臉難受地笑道：

「那……我先走了，抱歉，讓各位擔心了。」

接著他走出店外，往舞台的方向過去。

目送杉本學長離開之後。

「混帳!!」

柿原學長發出平時難以想像的大吼。

「這下該怎麼辦才好……杉本還有其他人都這麼努力，最後落得這樣的下場……我無法接受！」

哀嘆聲在店內迴盪，但沒有人能回應那樣的聲響。

大家都被自己也幫不上忙的情緒給擊沉。

「好可憐，可是發生這種事情也沒辦法了。」

桐生學長痛苦地抬頭仰天。

「看至少有沒有辦法拿得到錢?這百分之百是對方的錯吧?」

貫之發出充滿怒氣的聲音。

「就算是這種混蛋東西得賠償，但我們畢竟還是學生，過程也是很棘手。」

樋山學姊表情沉痛地交叉雙手於胸前。

「演藝圈那邊絕對是很賊的，不似我們可以應付得來溜。」

罫子學姊冷靜地說著。

「既然那個什麼的歌手不能來，就得趕快決定代打的人，安排好表演才行啦鄭。」

「話是這麼說沒錯，但要找誰才好……」

「……對，就是這個問題。」

「而且因為相信對方，也沒有準備替代方案。況且都已經寫成神祕嘉賓吊大家胃口了，要找替代人選也不是那麼簡單的事情吧。」

當然有其他樂團來現場表演，一般來說的話，可以從中想辦法找人幫忙撐過去。但是，簡介上都已經大大地寫上最高規格神祕嘉賓，就算有願意接下這個苦差事的樂團或歌手，也不保證可以順利出演。

「伴奏的樂團都是很有經驗的人，在曲目部分，基本上也能配合歌手，要是能想辦法找到，可以炒熱最後氣氛的人就好了……」

柿原學長嘆了口氣。

社員們和共享住宅的大夥兒，也都一臉該如何是好的凝重表情無言以對。

這時候，我想到了一個人。

這種時候就是機會啊，雖然目標不在於此，但為了哪天可以達成目標，這一步正好適合不是嗎？

「那個……」

我走向柿原學長說道：

「如果讓奈奈子來唱的話，你覺得怎麼樣？」

「噎……？」

現場瞬間只有沉默流過。只有一個人發出了微弱的聲響，就是奈奈子本人。

接著──

「噎噎噎噎噎噎噎噎噎噎噎噎噎噎噎!!」

所有人全異口同聲地發出驚叫。

「你說由她來……唱歌嗎？」

柿原學長指著奈奈子。

奈奈子驚訝地目瞪口呆，還沒換下服裝的她，穿著一身女僕裝呆立在原地。

「對，是的。」

「就算你說對……可是她並不是歌手吧？橋場學弟，這並不是K歌大賽喔。」

「你要奈奈子突然就上台表演？這有點勉強吧？」

「橋場學弟，你是認真的嗎？」

貫之他們臉上也都牢牢掛著不安的神色。

最重要的是，奈奈子本人已經臉色發白了。

不過，會有這種反應也是理所當然的吧。

「畢竟從今天的情況聽來，現在已經不太可能找到職業歌手來表演，而且就問題發生的狀況來說，也很難去拜託其他表演的樂團幫忙。」

「你這樣說，是也沒錯……」

「既然這樣的話，如果是伴奏樂團搭配不知名歌手的組合，就可以達成神祕嘉賓的表演條件了。」

我自己也知道這是狡辯。

可是現在這個場面，最起碼我必須要讓大家認為，由奈奈子來唱歌是「可行」的。

「可是如果沒有讓觀眾想聽的動力，這一切就都白費了喔？而且演唱會的壓軸，不用說你也知道是非常重要的，要是失敗的話，對她本人來說也會是很大的打擊，這樣也沒關係嗎？」

「是的，我明白。可是，我會這麼說，就是因為我認為這是可以做到的。」

柿原學長始終沉默地思考著，結果這時候。

柿原學長的手機響起。

「你好……好，我知道了，我也過去。代打歌手的事情，可以先等一下嗎？說不定我們這邊有人選可以上場。」

他說到這裡之後，便掛上電話。

「柿原學長……！」

「如果要那女孩子唱的話，就給我做好覺悟吧。或許我現在說的話聽起來好像很了不起，但是你們要知道，如果隨隨便便就上去，可是會毀了整個表演的……」

柿原學長厲聲說著。

畢竟他是負責統籌這次整個演唱會的人，會這樣也是理所當然。

「那就這樣，我也要過去了。距離壓軸的樂團上場……還有十五分鐘。」

柿原學長也跑步趕往會場那邊了。

沉默再次流竄於剩下來的成員之間。

「總覺得情況變得難以收拾了。」

貫之搔著頭。

「奈奈子，妳還好嗎？」

志野亞貴擔心地看著奈奈子的臉色。

「不……不可能的，我……突然叫我在大家面前唱歌，而且在舞台上表演的人，通通都是職業級的，這絕對不可能的，什麼覺悟……根本沒辦法。」

她的雙腳抖得厲害。

「奈奈子。」

我向她走近了一步。

「別擔心，妳可以的。」

但是，我拉近多少距離，奈奈子就想拉開多少距離。

「我擔心大家會說我唱得不好、這哪能看，或是嘲笑說怎麼會派這種傢伙出來，我害怕這種事，太可怕了……」

她沒有看任何一個人，只是縮著身體地緊盯著地板。

「就算是我……也沒辦法，都還沒有人……！」

奈奈子以努力擠出來似的聲音說到這裡之後。

就衝出店外了。

「奈奈子!!」

「阿橋！奈奈子跑走了，怎麼辦!?」

桐生學長慌慌張張地往走廊過去。

「我絕對會帶奈奈子回來的……別擔心！」

我也準備要馬上追去，卻被貫之一把按住肩膀。

「舞台那邊怎麼辦！不是才剛跟你說快要開始了嗎！」

「努力幫忙拖延一下，拜託你了！」

接著我卯足全力追向奈奈子。

「什麼……拖延……」

貫之跟志野亞貴面面相覷。

「要怎麼拖延啊……」

跑到走廊盡頭，下了樓梯，左右張望，奈奈子卻早已消失無影蹤。

「奈奈子，等一下……拜託，先聽我說……！」

這對奈奈子來說，一定會是個特別的機會。我只擔心她要一直僵持在這裡。

「那種事……我做不到！」

所謂的機會，幾乎總在極其困難的情況下降臨。哪有什麼做好萬全準備、氣力體力都充足的機會，其實大多都不是出現在那種情況下。

就是因為這樣，臨到頭上的這個機會，我無論如何都要讓奈奈子抓住。

瞄了眼手機上的時間。

「還剩下十分鐘啊……！」

只能希望貫之他們能幫忙拖延了。

想不出奈奈子會去哪裡。

我拚命地在校園內跑來跑去尋找著。

◇

在中央廣場的主舞台上，最後一天的大活動，也就是學園祭演唱會，正如火如荼地來到最高潮。

「謝謝——學園祭演唱會！」

在壓軸之前登場的樂團，結束演奏之後發出吶喊，觀眾也包圍在極限熱情當中。

「以上就是波斯貓王子所帶來的精彩演出！那麼接下來，我們先休息十分鐘！」

放送學科主修廣播學程的三年級學生大橋成美，在司會時間告知觀眾進入休息時間後，由PA音控師播出一段叮噹聲響。

接著她進到後台，與早已等在那裡的杉本等人會合。

「哪能這麼做！找一般人來唱，要是發生什麼意外狀況，那就真的是失敗加上失敗的慘況了！」

大橋臉色相當難看，馬上推翻代打人選的意見。

「這我也明白，但如果說那要找誰，事實上就是找不到人。」

柿原也是臉色凝重。

「其實也有試著去問其他樂團了，但不要說什麼好的回應，根本都是直接正面拒絕了。」

「找了神祕嘉賓卻不符合期待……這也是沒辦法的事。」

大橋重重地嘆了口氣。

杉本呆站在一旁，抱歉地看著學長姊們束手無策的樣子。

「而且話說回來，那個女孩子……叫奈奈子是嗎？好像也還沒來吧，柿原學弟？」

「對。」

「就算我退一百步讓她上場好了，在那種情況下她能唱歌嗎？」

聽見大橋的話，所有人都安靜無語。

這時，一道聲音響起。

「沒問題，奈奈子一定會來的，她一定會唱的。」

「……你是？」

「我是映像學科一年級學生，鹿苑寺貫之。那個人……奈奈子她絕對不是會輸給壓力，逃避不敢唱歌的傢伙。我向各位保證。」

「你是她朋友吧，如果可以的話，我也希望能等她出現，但是……」

大橋稍微看了一眼舞台那邊，休息時間已經差不多快要結束了。

「必須要拖延舞台表演時間才行，如果沒有人的話，替代上場果然還是……」

就在大橋話講到一半的時候，貫之用力將外套下襬一拉，一顆五色球忽然就從那邊出現。五色球通過貫之的背部，滑過他的頭頂，最後靈活地滾進袖子裡，簡直就像在看變魔術一樣。

「映像學科一年級學生，鹿苑寺貫之，其實是個路過的小丑。」

五色球咻地滑進外套中，瞬間消失不見。

「就是這樣，如果覺得我可以的話，讓我去拖時間吧？」

事情發生得太突然，所有人全都看傻了眼。

「我想如果有人願意表演的話，就能多爭取一些時間了。」

沒錯，他自信滿滿而肯定地說道。

「如果人生會很多事情，是很方便的喔，志野亞貴。」

志野亞貴一臉吃驚地問：

「恭也同學本來就知道這件事咩？」

「不，他不知道。但是……」

貫之讓球再次出現在手掌上，並讓球跳動著。

「因為那傢伙總是會想辦法解決，所以也覺得其他人會想辦法吧？」

貫之如此說道，並不禁咯咯地苦笑。

◇

「……找到了。」

就在社辦大樓後面的資材放置場。

立型看板裁切下來的邊料、以前的建材隨意堆疊，換句話說就是垃圾場。奈奈子就背對我，呆立在那深處。

「竟然會知道我在這裡。」

奈奈子依舊背對著我，用著恢復冷靜的聲音回答我。

「因為學校沒有幾個地方可以大聲唱歌啊。」

我回答著，並走向奈奈子。

「音樂學科所在的三號館屋頂、二十三號館後面。不過這兩個地方，都因為學園祭的活動而無法進入，這樣一來就只剩這裡了。」

「你早就知道我都在哪裡練習唱歌了吧。」

「當然。」

我已經走到靠近奈奈子的正後方了。

一停下腳步，奈奈子也彷彿收到暗號似地開口：

「雖然我很想逃走，可是卻沒辦法去到校外。或許內心是希望去到恭也找得到我的地方。」

她轉過身來。

稍微看得出有哭過的痕跡。

「我理智上也很清楚這是一個機會，而這個機會也能把一直以來的矇混敷衍，一口氣做個了結。可是……」

奈奈子暫時打住，胸口用力起伏，彷彿正在深呼吸一般。

「了結也可能是失敗。這次如果我再輸的話，如果是認認真真地輸了的話，到時候，我絕對無法再爬起來的。」

「別擔心，奈奈子不會輸的。」

「為什麼!!為什麼你可以說得這麼肯定！」

那是一種吶喊。一種除了自己，沒有人可以理解的，孤獨的吶喊。

我用平靜的聲音告訴奈奈子：

「妳做了很多練習吧，在短短的時間當中，一直做了很多練習。」

「對，老師真的很認真在教我。」

奈奈子輕輕閉上眼睛，回想著接受老師指導的情形。

「奈奈子，這有部分也是為了那位老師喔。」

「嗯……我非常感謝老師，可以的話我也想回報，但是……」

奈奈子搖搖頭。

「練習跟正式表演是完全不同的。自從那次之後，我就再也沒有在別人面前唱過歌了，要我在好幾百人面前唱，不可能的……要再次被那麼多人評斷自己的價值，我很害怕，我做不到……」

任何事情都一樣，如果沒有欲望和興趣，就很難繼續往前走向目標。

想寫作、想畫圖，就因為比同學年的任何人都強烈地渴望，志野亞貴和貫之才能在這個時間點，就已經擁有突出的才能。

奈奈子已經先讓害怕和尷尬擋在前面，比起渴望，她想要保護自己的心情更為強烈。

「恭也，你也發現了吧？我……一直很害怕變得更好、變得更認真。」

「……嗯。」

奈奈子苦笑著。

「雖然做得不好，但是聽到別人說『妳會做很多事呢、可惜』的時候，感覺輕鬆鬆得就很好。演戲也是一樣，聽人家說『明明是映像學科的學生，好厲害』

之類的，或是『妳不是外行吧』等等，能夠站在那樣的立場，反而是很輕鬆的。所以……！」

像是由下按著往上擠般，一道有如嘔吐的聲音從喉頭湧出。

「現在，我真的非常害怕。沒有任何藉口，我就是很害怕、很恐懼被他人直接批評，怕到快要崩潰。在這種狀態下，就算唱也沒辦法唱好的，不要說報答學長姊們了，根本就是製造麻煩……我沒辦法……」

奈奈子又再重複了一次。

「奈奈子的確是很膽小，不管是什麼，任何事情妳都很恐懼。」

我再走近奈奈子一步。

「但我也說過吧？我會想辦法解決的，包括這些恐懼在內，我要讓妳變得可以唱歌、很會唱歌。」

「所以到底為什麼你可以說得這麼肯定？」

「因為我有這個。」

我一邊說著，一邊把拿來的東西攤開在奈奈子面前。

「咦？這是……」

奈奈子的表情明顯出現了動搖。

◇

「來，各位注意看這邊，接下來這名男子，要將形狀、大小都不一樣的盒子和球一一疊起來喔！」

火川元氣郎穿著忍者服，手拿麥克風，在一旁表情沉穩地以眼神送暗號給貫之，貫之接著把志野亞貴丟來的盒子和球，一個接著一個往上疊起。

瞬間，貫之的左手上，就出現了以奇妙的平衡組起的高塔。

「完成了！各位看倌，覺得厲害嗎？」

火川這麼一喊，現場響起如雷的掌聲。

「太厲害了！那個一年生是怎麼回事啊！」

「雖然突然出現嚇了一跳，不過確實拿出了不錯的表演！」

看到現場熱烈的反應，火川又更加用力炒熱氣氛。

「好了，各位，請務必拿出你們最熱情的掌聲！」

會場湧現毫不吝嗇的鼓掌。

「火川，突然把你扯進來，不好意思啊。」

「沒關係的！朋友有難的時候就是要幫忙，這就是我的信念！」

火川豎起大拇指比讚，並露出了笑容回答。

「啊啊……的確是。」

貫之也點點頭。

「那麼恭也，就希望你能快點了……！」

在以奇妙的平衡支撐著高塔的同時，等著他們的到來。

◇

「橋場學弟！還有奈奈子……學妹！」

柿原學長一直在入口處等我們。

「趕快進來！」

急忙進到裡頭，就看到杉本學長已經在舞台側邊通道待命。

「妳願意來了……謝謝妳。」

杉本學長開心地笑了。

「是的……對不起，我來晚了。」

「別這麼說，這是要有所覺悟的事情，沒辦法。」

接著，杉本學長給奈奈子看好幾套樂譜。

「想唱哪一首？」

「咦？」

「就是小暮學妹妳要唱的歌啊，這裡面有妳練習過的，也有妳喜歡的，還有一些備選，妳挑一下。」

「這首我常常在卡拉OK唱……」

奈奈子看著恭也的臉。

「我不抱期待地問了一下，結果伴奏說可以。所以奈奈子，妳可以唱妳拿手的歌喔。」

◇

「感謝大家！」

貫之秀出最後一個大技之後，觀眾毫不吝惜地給予熱切的掌聲。

「不過接下來的樂團也很厲害喔，那麼各位就敬請期待！」

說完，便退到了舞台側邊通道。

「以上就是現場報名參加的，一年級組的魔術表演～!!」

樂團成員登上主舞台，開始做起準備。

而後台，奈奈子在當場前，一一感謝為她拖時間的成員。

「沒有啦，都是貫之很拚命在表演！」

「很厲害喔，那個魔術……之類的東西！」

貫之看著奈奈子，默默地往前推出拳頭。

「後面就拜託妳了，不可以逃走喔。」

奈奈子也笑了，同樣伸出拳頭相抵。

「誰要跑了，我會獲得比貫之多一百倍的掌聲的。」

太好了，看來她似乎已經比較沒那麼緊張了。

「好了，來，奈奈子。」

我用眼神暗示她該上場。

「恭也，如果可以的話，希望你不要待在後台，去觀眾席看我表演。」

「為什麼？」

「希望你以觀眾的角度，幫我看看我到底有沒有唱好。」

感覺奈奈子的話裡，也包含著一種覺悟在裡頭。

「……我知道了。等表演開始，我就馬上過去。」

「拜託你了。」

奈奈子笑了笑，接著步上通往舞台的階梯。

「好了，接下來可真的是最後的表演啦！」
樂團成員確認過所有準備都到位後，往舞台側邊通道打了個暗號。
以緩慢而明顯透露出緊張的步伐，從側邊出現。
「咦？女僕……？」
「是那種概念的樂團嗎？」
穿著一身與現場相當不搭嘎的服裝，小暮奈奈子登場了。

◇

「已經要開始了吧……」
目送奈奈子上去之後，我開始往觀眾席移動。
從前排到中央的位置已經都坐滿了觀眾，好不容易才在後面找到稍微比較空的地方。
坐下後，空出隔壁的位置。
「志野亞貴，這邊。」
「嗯，謝謝。」
一起過來的志野亞貴，在那位置上坐下。

我把一瓶薑汁汽水遞給她。

「志野亞貴，謝謝妳。幫我們多爭取了一些時間。」

「別這麼說，我什麼都沒做捏，都是貫之同學和火川同學他們的功勞。」

大家真的人都很好啊。

「奈奈子……妳要加油啊。」

她的動作還看得出來緊張感。

「奈奈子很厲害，一定可以唱好的喔。」

緊握的雙手又再一個用力。

我也點點頭，把目光轉向舞台上。

◇

雖然已經有所覺悟，但是台下所看到的舞台，與站在台上往下看的風景截然不同。

大家的臉，看得比想像中的清楚太多了。而且都不是掛著期待的表情，是帶著稀奇，或者是詫異。

——接下來，我就要在這裡唱歌了。

一個深呼吸後，再次環視整個會場。

在我腦海裡，那個十年前的景象又再次復甦。

在市民會館的大會場。

我被祖母帶到這裡來。

其實我並不想來。雖然我聽不懂民謠的好壞，但是我知道當我一唱歌，大家就會露出詫異的神色。「是那位小暮女士的孫子吧……」，也有人說著這種明顯聽來負面的話語。

可是奶奶對於這些耳語，只是一笑置之並說：

「照妳想的去做就好了，不要管唱得好不好聽，而是喜不喜歡。」

那時候，我還不明白這番話的意思。

只是因為從小這麼做，所以我就唱了。

只是因為這麼做奶奶會開心，所以我就唱了。

就是這樣，沒有其他原因。

奶奶過世之後，我就不再唱民謠，這個景象也沒有變成什麼美好的回憶。

可是現在，與那時刻、那景象重疊了。

我也再次想起了奶奶說的那番話。

「照妳想的去做就好了，不要管唱得好不好聽，而是喜不喜歡。」

我小小聲地，從嘴巴裡說出了這段話。

勇氣浮現了，繼承自奶奶，那如火般的情感點燃了。

這裡是大海。

並不是我一直誤以為海的那個湖。

無邊無際，將夢想、希望或恐懼都通通納入其中的地方。

跟我躲起來封閉自己的地方，並不一樣。

來吧。

雖然緊張與不安幾乎快要讓我昏倒了，但是……

「……我。」

首先講點話好了，這也是為了能好好唱歌。

「雖然我今天本來不應該在這裡唱歌的，但是在種種原因下來為大家獻唱。」

會場開始傳出一些騷動。

明明是神祕嘉賓，卻是個沒沒無聞的女孩子，而且還穿著女僕裝登場。

都還不知道發生什麼情況，就聽到她這樣的發言。

「可是，既然有了這樣的機會，還唱得畏畏縮縮的話就太蠢了，所以……」

奈奈子朝著會場的觀眾綻放出笑容。

「學園祭演唱會的最後了，大家一起來盡情享受吧!!」

清亮的聲音，有著直射星空般的響亮。

主奏吉他發出怒吼，伴奏樂團開始彈起前奏。

◇

「是不是有點過頭了……不過，氣氛看來也很熱烈的樣子，就這樣吧。」

因為是先前才剛播映的動畫歌曲，所以很多觀眾在聽到前奏時就有反應了。

學園祭、臨時出現的樂團，還有跟演奏不太配的服裝。

由於這情況碰巧與動漫音樂會場面極為相似，所以第一首曲目，就乾脆挑了相同動畫的倉野綾歌曲。

期待逐漸升溫，歡呼聲也越來越熱烈。

——接著。

奈奈子的歌聲，從舞台上遼闊傳開。

嚴格來說的話，或許還有很多可以矯正的地方。

但是，這已經不是音程準不準這種次元的問題了。

她快樂地、開心地又唱又跳，她的歌聲。

無疑讓現場第一次看見她，從來不認識她的數百名觀眾。

都被她所深深吸引。

「謝謝──────！」

唱完一首後，奈奈子揮著手向觀眾們道謝。

宛如衝破天際的歡呼聲，又再次重回會場。

一開始用懷疑眼光看著她的人們，也在短短數分鐘內，全都成為了她的歌迷。

「唱得很好啊！嗯，上課學到的東西都確實展現出來了喔！」

杉本學長聽著奈奈子的歌聲聽到入神，似乎打從心底覺得開心。

「那傢伙很厲害啊……！」

貫之也帶著滿臉的笑容，愉快地聽著。

◇

兩個月前。

在我讓奈奈子聽了她調整過的歌聲後，隔天我就馬上把奈奈子帶到學長那裡。

「喔，這女孩子就是小暮學妹啊！我叫杉本，多多指教！」

隸屬美術研究社，在迎新聚餐上一邊滾落斜坡，一邊熱唱著兒歌《橡果滾呀滾》的男子，就是這位音樂學科的杉本學長。

「啊，我、我是小暮奈奈子……學長的身材好高大……」

「哈哈，因為我的目標是從事用聲音賺錢的工作啊！還有就是咧，單純就是吃太多了！唔哈哈哈！」

「奈奈子，這位杉本學長呢，也是有在小學和國中教唱歌的老師喔。」

「真、真的是老師啊……請這麼專業的人來幫我上課，真的好嗎？」

「放心交給我吧！橋場學弟有交代，怎麼訓練妳都沒關係，所以接下來，我會盡力指導的！」

「……什麼？」

「那麼杉本學長，往後奈奈子就拜託你了。」

「好，那我們馬上開始吧，小暮學妹！」

「等、等一下，恭也，你怎麼把我丟在這裡了，別走啊～～～～～～～～～～!!」

「接下來，我要讓妳擁有相對音感！」

「好、好的……」

「現在我會彈鋼琴的一個音，妳試試看用『啊』發出同樣的音程！」

「好的！」

「好，那這個音！」

「啊——……」

「嗯，我明白了！」

「咦？明白什麼了!?」

「妳有音量，音色也很好。但是，在這個指導課程需要妳大量的練習！我在強調一次，請妳要拿出拚死拚活的精神努力喔！」

「真、真的假的!?饒了我吧……」

「唏、哈……我、我已經跑不動了……」

「加油、加油，還有運動場三圈喔！」

「這種、唏……常見的、熱血劇情般的跑步、哈、真的、可以、把歌、唱好、嗎……」

「當然啊，因為沒有鬥志的話是發不出聲音的！」

「我、我基本上對自己的聲量還是有點信……」

「啦——啦啦～啦啦啦啦～～」

「唏、唏噫噫！」

「等妳能夠做到這種程度的時候，才能說有信心喔，哈哈哈。」

「嗚哇，恭也，救救我啦～這個人絕對是魔鬼啊!!」

「哇哈哈哈，很好、很好，就有這種氣勢發出聲音吧，小暮學妹！」

「啊————!!啊————……咳、咳嘔、嗚、嗚嗚嗚～這、這樣可以嗎？真的是……？」

「可不可以就要看小暮學妹努力到什麼程度了！來，再一次！」

「啊————!!啊啊啊————！不、不行了，聲音出不來……」

「很～好，那現在我們就只用『啊』來唱唱看吧！」

「我、我都已經說了，光是要發出聲音都很難受了，你這個惡魔啊啊啊啊!!!」

雖然奈奈子一開始抱怨個不停，但是像只發出聲音或是按照琴音發聲的這種基礎練習，的確扎扎實實地矯正了奈奈子的歌聲。

◇

「奈奈子，恭喜你，終於獲准可以唱歌了。」

向杉本學長確認過進步的狀況之後，我開始準備教奈奈子新的練習方式。

「我覺得已經沒有辦法唱歌詞了……我的身體變得只會唱『啊——』而已……」

似乎是因為受到精實的操練，過去到卡拉ＯＫ總是興高采烈的奈奈子，已經不知消失到哪裡去了。

「沒問題的，接下來終於要拿出我的祕密對策了。」

「祕密對策……？」

奈奈子的眼睛亮了起來，眼神帶著些許的期待，希望知道是什麼特別的事情。

但是，我卻一口氣讓那眼神的亮光整個消滅。

「我們來上傳妳唱歌的影片吧……！」

「……………」

奈奈子臉整個僵住，悄悄地轉過身就想逃跑。

我一把揪住她的脖子，趕忙讓她坐下。

「逃什麼逃！我們不是講好要乖乖聽話的嗎！」

「可、可是！我沒想到恭也你要……你竟然要做這麼亂來的事情啊啊啊啊！」

奈奈子不斷踢著雙腳，試圖想辦法逃走。

「我不要，不要不要不要不要！放給全世界的人看我會想死的～！這只會丟臉而已啦，恭也你是想殺了我嗎!?」

「是啊，我想要殺了奈奈子。」

「天、天啊，警察先生，就是這個男的，他終於露出真面目了！救救我！我會被他殺死然後吃掉的，我一點都不好吃，拜託放過我吧啊啊啊啊！」

「我想殺的是過去的奈奈子。」

再次讓奈奈子坐好，認真地看著她。

「我要殺掉膽小、不肯認真面對，好不容易擁有寶物卻一直藏著不用的那個奈奈子。然後再從屍體當中，拉出全新而且認真的奈奈子。」

我拍了拍她的肩膀，露出一個讓她安心的笑容。

「因此，我們必須做些跟之前不一樣的事情。」

奈奈子還是半信半疑。

不過我知道，她這種反應就是代表策略奏效了的意思。

「上傳影片的話……我……真的會唱得更好嗎？」

「嗯，沒問題的。」

「那、那個，如果有什麼講得太過分的留言……到時候你要安慰我喔。」

「好，而且我會用比那個留言強五萬倍的氣勢讚美妳的。」

奈奈子哈哈大笑，然後點了點頭說：

「好吧，那我就……試試看吧。」

奈奈子決定要上傳唱歌的影片。

這個時候還沒有『唱看看』頻道的出現。當然也有一些否定的留言。

不過，善意的留言也很多，而且是相當懸殊的比例。

我們也沒有停止，就這樣第二部、第三部接著上傳影片。

「奈奈子，歌曲的這個地方，可以再稍微多放一點感情嗎？」

我會從寫在留言裡的感想當中，挑出一些值得參考的部分，並反映給奈奈子。

「可以啊，我試試看。」

「然後這邊，好像有不少人有點在意那個抖音。」

「那這樣我唱得乾淨一點，把層次做得更分明試試看好了。」

「可以嗎？」

「嗯！」

然後再上傳影片，就會有人反映意見，然後又會有新的嘗試出現。

「好厲害，按照這個留言所說的換氣的話，低音部分就會變得很好唱……」

而且，可以作為參考的技術面留言也越來越多了。讓很多人看到影片，才能有這樣的受惠。

「馬上來試試看這個方法，並上傳唱好的看看，我想這個人一定會很高興。」

「好啊、好啊，那留言者一定是最想聽的人！」

上傳影片者和觀賞影片者的關係，是一個相互影響、成長的結構。

這個時候，並不流行ＵＧＣ這個單字。奈奈子則率先在這個時代，利用了這個狀況做為幫自己破殼的方法。

這就是來自十年後的我，所使用的「祕密對策」。

◇

然後今天。

我在奈奈子面前打開筆電，讓她看ＹＯＵＴＵＢＥ網站。

「我認為現在正是讓妳看的時候了。」

因為還無法預測奈奈子的反應，所以我沒有告訴她ＵＲＬ，之前都是把留言複製貼上給她看。

「新的那支影片，點擊率已經破萬了喔，昨天才剛上傳而已。」

而且否定的留言已經寥寥可數了。

『好棒喔』、『深深被吸引住了』、『下一支什麼時候要上傳呢？』

當中無疑也有網友已經是她的粉絲了。

「曾經在好幾萬人面前唱歌的奈奈子，現在竟回過頭來害怕在數百人面前演唱，我對於這點真是驚訝到不行。」

奈奈子看著留言，表情逐漸變得平靜下來。

無論是很感興趣的、肯定的，還是否定的留言，她都讀了。

「好不可思議呢，對於我唱的歌，竟然有這麼多來自四面八方的反應。」

「我們走吧，所有觀眾一定也會變成奈奈子的歌迷的。」

我如此告訴奈奈子，並伸出了手。

「……嗯。」

奈奈子回握的手，已經不再顫抖。

◇

並沒有任何人開口要求，這樣自然地掀起了安可聲浪。

當奈奈子再次從舞台側邊走出時，現場爆出今天最為熱烈的歡聲。

「那麼最後要帶這首……雖然不是很知名，但是是一首很棒的歌，請大家聽聽看！」

當奈奈子選了那首歌的時候，我真的非常震驚。

但其實我內心早有預感，她會選擇這首曲子。

因為那是某號人物，第一首上傳NicoNico動畫『唱唱看』的歌曲。

「很——好！那就來唱這首安可曲囉!!」

當然啦，我怎麼可能會沒有猜想過呢。

從名字就能聯想到了，而且她原本就是走這一掛的。

但還真的沒有馬上想到，竟然會是自己身邊的人，就連志野亞貴的事情，我都當作是偶然而已。

所以，這個情況……我想又是另一個奇蹟。

漫天揚起的煙塵，在燈光照耀下閃閃發光。

奈奈子在當中又唱又跳，就好像偶像一般。

我百感交集地望著舞台，嘴裡喃喃說道：

「初次見面，N@NA——」

這是十年後令人極度崇拜的那位歌手，誕生的瞬間。

◇

「……果然走這條路才是對的。」

在觀眾席的更後方處，河瀨川英子就站在茂密的林木旁。

其實她一開始並沒有想看的意思，只是想知道一下現場氣氛，並用手機拍個照作為資料蒐集，然後就回家的。

但就在那時，熟悉的聲音竄進了耳裡。

她嚇了一跳，並下意識地轉過身看。

從這時候開始被深深吸引住，並且聽到最後。

「其實只要音準了，她本來就是會唱歌的人，能表現得這麼好也是理所當然的。」

臉上露出上學期在放映會時，對恭也展露的那個笑容。

「……不錯嘛，小暮奈奈子。」

河瀨川英子一個轉身，慢慢走下坡道。

「真的很棒，非常認真喔。」

◇

「辛苦了!!」

奈奈子在舞台上，一一跟樂團成員擊掌。

我們一直在稍遠處的觀眾席，看著舞台上的情況。

「辛苦了，奈奈子。」

我在跟她約定好的地方，看完奈奈子整場的表演。

「奈奈子……好帥氣捏。」

志野亞貴用著迷的表情，出神地聽著奈奈子唱歌。

「能讓這麼多人聽得如此開心，已經沒問題了。」

先前她一點自信都沒有，但現在她已經擁有了某樣事物。

她應該已經找到那股「幹勁」了。

「好了，我們走吧，去跟大家說辛苦……」

志野亞貴在站起來的瞬間，突然搖晃了一下。

「志野亞貴，妳、妳沒事吧？」

「……可能是因為人群和音樂，讓我有點頭暈了。」

「好，那我們去遠一點的地方休息一下吧，那就去……」

於是決定在跟奈奈子碰面前，先去找個可以稍微休息的地方。

◇

「恭也！我做到了，我……可以好好唱歌了！」

奈奈子衝進了後台。

「啊，對喔，他去觀眾席幫我看演出狀況……」

她就是如此投入表演，甚至到這時才想起自己說的話。

「小暮學妹！表演得太好了，辛苦了！」

杉本臉上帶著不會在練習時展現的笑容，歡迎奈奈子回到後台。

「明年的學園祭演唱會，可要正式發妳通告了！」

「謝謝學長，我……！」奈奈子也雀躍地回答著。

受到大家的祝福，聽到大家對她說「辛苦了」。

但是這些話，卻始終還沒能傳達給她最想傳達的對象。

「喂，奈奈子，妳要去哪？」

聽見貫之的話，她停下了腳步。

「我要去跟恭也說謝謝！馬上就回來!!」

奈奈子說著說著已經跑了出去。

◇

在觀眾席後方林蔭下，有個沒人坐的長椅。

「先在那邊休息吧，能走嗎？」

志野亞貴點了個頭，我牽著她的手慢慢往後走去。

先讓她坐下來後，我也跟著坐在一旁。

「先喝口飲料吧，來。」

志野亞貴的杯子已經空了，我便把我的遞給她。

「謝謝……」

志野亞貴接過杯子，慢慢地喝著飲料。

薑汁汽水的碳酸氣泡，在咻咻氣泡聲中逐漸消失。

「呼……」

一個呼吸之後，志野亞貴的表情又恢復神清氣爽。

「看來是好一點了吧。」

「嗯，已經沒問題了喔。」

太好了，我接過杯子。

我一口喝光裡頭殘留的一些薑汁汽水。

會場裡的觀眾也慢慢散去當中。

「差不多該回去整理了。」

我想到改裝成咖啡店的教室，還有成為學園祭演唱會的這個會場。

「…………說得也是捏。」

志野亞貴從長椅上站了起來。

環顧了四周一圈。

最後，停在我的臉面前。

「學園祭就要結束了呢。」

志野亞貴一臉可惜地說著。

然而我猜不透她說這話的意思。

「志野亞貴，妳怎麼了？」

我詢問始終注視著我的她。

「嗯，我只是再次察覺到。」

志野亞貴笑說：

「我這樣剛好跟坐著的恭也同學一樣高呢。」

「原來如此，說得也是耶。」

我也笑了。

眼前有著紅色、白色燈光在閃爍。

在歡笑聲妝點下的喧囂，聽起來也彷彿從遠處傳來。

我彷彿置身於某個異世界般的空間。

「咦！」

突然間，眼前一黑。

我聽著聲音。

柔軟的髮絲撫過額頭。

接著，感受到兩片額頭微微貼觸。

最後，志野亞貴柔軟的嘴脣，輕輕地印上了我的嘴脣。

「……咦？」

志野亞貴做了這種事之後說：

「不小心就親下去了。」

「不小心……」

我們倆表情僵硬地看著彼此。

不對，其實想想剛才在社辦的相處情況，會發生這麼事也沒什麼好奇怪的。

明明應該是要非常戲劇性的一幕，卻感覺非常地突然就發生了。

「腦筋一時空白就這麼做了。」

「是這樣嗎？」

「還有，因為學園祭的興奮唄。」

「是……是這樣啊？」

志野亞貴微微一笑。

我頓時也莫名發噱，也跟著笑了出來。

兩個人像孩子般地相互抵著額頭。

大概是演唱會現場開始燃放最後的煙火，喧鬧比剛才更大聲了，又或許是有人誰擅自施放了沖天炮，發射的聲音震天價響。

嗶！地怒衝天際的聲音當中，混著人們喧嚷的說笑聲。

這個長椅前發生的事，已經不會有人注意到了。

——除了一個人之外。

「……不會吧……」

女孩雙手抱著食物。

這是她去超受歡迎的攤位上，所買來的兩卷可麗餅。一個是自己最喜歡的巧克力和香蕉口味，另一個則是他曾說喜歡的桃子與鮮奶油口味。

想要跟著「謝謝」這句話，將可麗餅交給他的。然後，也準備好了接著要說的話。

但是無論是可麗餅或要說的話都沒有交出去，她就這樣悄悄地轉過身。

「唉呀，他們早就那樣啦，嗯，我好幾次都有感覺到了。」

哈哈笑著，抬頭望向天空。

「真是傻瓜，上次回家的時候，明明就已經很明顯了，我還做這麼搞笑的事情。」

好不容易，抓住了自己體內湧現的東西。

不對，正確來說的話，是他讓女孩終於抓住了。

為了向位在十公尺外的他說聲謝謝，女孩跑來了。

然而女孩與他的距離，卻變得更加遙遠。

「這個怎麼辦呢，不然就給那個幫忙變魔術的笨蛋吃好了。」

抱著可麗餅，女孩再次往舞台方向走回去。

只要待在那裡的話，那兩人總是會回來的吧。

他們回來之後，又能再像從前一樣回到「大家」的。

——但是。

現在女孩感覺到自己的內心，似乎有點揪緊了。

第六章　祭典結束

學園祭結束，時序來到了十二月。

氣候已經完全進入冬天，校園內幾乎已看不到穿著薄衣服的人，大家都裹著厚厚的外套，迎著冷風縮起身體走路。

「哈哈哈，只要有意志力，跟穿薄衣服或什麼都沒有關係！」

不過也大概都會有一個，毫無季節感的人存在……

映像學科的實習課程已經告一段落，並展開使用底片的課程，以便銜接二年級的全新實習課。

採用十六釐米膠捲底片教學，這個真正的「電影拍攝」課程，據說用的是一台要價高達一千萬日圓的攝影機，堪稱是映像學科最具代表性的實作課。

這不僅是大藝大映像學科才有的特色課程，內容更是相當地專業。從底片的安裝、攝影機的拍攝方式，到更為精密而艱澀的內容，學生紛紛因此發出哀號的同時，當中卻有一名女孩子……

「畢竟在這間大學使用底片之類的事情是常識，事先準備也是理所當然的吧。」

盛氣凌人地發表了這番言論。儘管如此，大家畢竟都不是抱著如此高尚的覺悟來讀大學，每個人幾乎都是第一次看到底片攝影機，因為昂貴底片曝光而被罵、還沒裝濾鏡就要拍攝而被罵，或是不管做什麼都被罵，大家都是從這樣的每一天開始的。

因此為了順利把課上好，每個人都相當地拚命，而就在這樣的某一天。

「橋場，有時間嗎？」

上完課之後，我突然被加納老師叫住。

「請問什麼事？……我已經沒有再借器材了喔。」

「如果是這方面，我會以更愉快有趣的方式叫你過來的。不是要說這個，是最近鹿苑寺又老是請假了……你有沒有聽說什麼？」

我搖搖頭。

「沒有，我直接去問問看本人好了。」

「好，如果有什麼狀況的話要說，可以找我商量。」

說完，老師歪著頭不解地離開。

「欸，老師剛是在說貫之嗎？」

上同一堂課的奈奈子如此問道。

「嗯，問他為什麼一直請假。」

「問我們也沒辦法啊……畢竟又不曉得為什麼。」

奈奈子說著，也跟老師同樣歪著納悶起來。

「我今天回去之後再問問看吧。奈奈子，妳今天要到很晚嗎？」

「嗯——看上課時間怎麼樣吧，我再發簡訊給你。」

自從學園祭以來，奈奈子對於唱歌的事情更加投入了。

就連訓練課程也每個禮拜上四天，音樂學科的朋友好像也越來越多了。

「我知道了，那晚點見。」

◇

鹿苑寺貫之曾經是名資優生。

在映像學科的課業中，他拿下比任何人都優秀的成績，作業也非常認真地去做。可惜的是，就是上課態度不怎麼理想，所以河瀨川依然繼續獨占鰲頭，但如果單純就用功程度和作業質量來看，兩人可以說是不相上下。

然而差不多就在學園祭結束的時期，貫之這樣的好評開始衰退。

提交的作業水準下滑，在課堂上，也開始有回答不出問題的情況。就在大家開始覺得不可思議的時候，連他自己本身上課的出席率也大幅滑落。

這讓我再次意識到，我們對貫之的個人私事全毫無所知。

或許他有什麼煩惱，說不定很難向我們開口傾訴。

所以我才決定，這次要好好地問清楚。

◇

但是，

就在兩天後舉行的四人火鍋趴上。

「喔，只是因為打工那邊比較忙，所以才蹺課而已。」

貫之毫不猶豫地吐出這樣的理由。

「什麼嘛，就只是因為這樣而已啊！害大家都很擔心耶。」

「還真是抱歉啊，不是什麼悲劇性的原因。志野亞貴，幫我拿一下酸桔醋。」

「昆布口味的咩？」

「喔，好啊，三Q——」

眼前在小盤子中倒入一大堆酸桔醋的貫之，並沒有特別顯露出任何不對勁的模樣。

「但話說回來，你打好多工捏~有想要買的東西咩？」

志野亞貴問道。

「對啊，就是這樣，還滿貴的。」

大口大口咀嚼著白菜的同時，貫之如此回答著。

雖然也沒有回答到什麼，但總之似乎是有這樣的原因。

「欸，你要買什麼？車子？還是摩托車？」

奈奈子想繼續追問。

「才不告訴妳咧。」

果然還是相當防備。

「小氣鬼！這種事有什麼好不能說的啦！」

但是，貫之也毫無不在意奈奈子抱怨的模樣。

「反正就是這樣，不好意思讓大家擔心了，課我會去上的，大家放心吧。」

貫之一副要結束這話題的樣子，這件事也就就此打住。

「貫之。」

「嗯？怎樣，恭也，你還是擔心嗎？」

貫之苦笑地看向我。

「嗯……總覺得就是還有點在意。」

打從一開始，貫之就幾乎把剩餘時間都拿去打工。

從那時候開始，每個禮拜都打四天或五天工，而且記得應該已經持續好長一段時間了。

甚至一直到現在，都還是維持同樣的狀態，照理來說應該也存了不少錢了才對。

大學生會需要買到那麼昂貴的東西嗎？

更不要說是貫之了，他對劇本或故事以外的東西，根本都沒什麼興趣。

「你想太多了，好啦，大家快吃火鍋吧，好嗎？」

「嗯、嗯。」

結果，這天的話題就這樣結束了。

但是，後來貫之的出席率還是沒有增加，甚至還一路繼續下滑。

面對我們擔心的詢問，他也只是四兩撥千金而已。

而剛好就在一個禮拜後，一件決定性的事件發生了。

當天從早上天氣就很惡劣，有些地方還發出了下雪預報。

「嗚哇，好冷喔……」

一起床馬上打開房間窗戶，隨即被那冰凍的空氣嚇到。

「今天還真是不想離開房間啊……」

幾乎就在我喃喃自語的同時。

「我就說不要管我了！」

「怎麼可能不管你呢！貫之同學，你到底發生什麼事情了！」
是貫之和志野亞貴的的聲音，而且隱約感覺得到當中緊張的氣氛。
「!?」
我急急忙忙跑下一樓。

看來兩人似乎是在家門口爭論不休。
貫之看來相當焦躁，明顯跟平常很不一樣。
「你們兩個怎麼了啊！」
我慌張衝過去介入兩人之間。
「恭也，拜託你講講志野亞貴，我都說沒事了，她還是一直叫我休息，煩死了。」
「哪裡沒事了！你剛剛坐在那裡的時候，明明就一副很不舒服的樣子，還不知道在廁所怎麼樣了……你再不休息，身體會出問題的！」
「好了啦，就說不用擔心了，我沒事的！」
「根本就不行，你已經昏昏沉沉的了捏……」
志野亞貴非常擔心。
「你這樣去打工會出意外的，如果真的要去的話，不然開車送你過去？」
但是貫之拒絕了這個提議。

「不用，這是我自己的事情，不能造成你們的麻煩。」

「麻煩?怎麼這麼說……」

貫之揮開我們的手，走向摩托車。

踢起腳架，插上鑰匙，準備要發動引擎。

「好了，我要走——」

只見他腳邊晃了一下，就在下個瞬間。

「貫之!!!」

他整個身體連同機車往旁邊倒下，我們慌張跑上前抱住他。

「你……好燙……」

貫之明顯渾身發熱，意識已經模糊不清。

「志野亞貴!叫救護車!」

「嗯、嗯!」

在志野亞貴撥打緊急電話的同時，我撐起貫之，暫時先將他帶回屋內。貫之的呼吸紊亂，臉色已經難看到了極點。

「為什麼要弄到這種地步……」

◇

貫之被送到醫院後，相較之下馬上就迅速恢復了。
似乎是因為疲勞而發高燒，在打了點滴之後，熱度也急遽地消退了。
「我不就說了嗎？根本就沒事！看吧。」
我和貫之沿著石川河邊走回家。
貫之笑著這麼對我說。
「回去之後我先打通電話，向打工的地方道歉，請他們把我的班往後移……」
「貫之。」
我從後面靜靜地叫住他。
「醫師不是也說了，你要休息一個禮拜，現在退燒只是暫時的，要是你太勉強，馬上又會再發燒的。」
貫之沒有停下腳步，也沒有回答我。
「……」
陰沉沉的天空，開始緩緩地飄下了雪。
來往行車的車燈，映照出那細細的模樣。
「我不會休息的，因為如果休息的話……錢就會減少。」

聲音當中透露出悲傷和覺悟。

「現在這個打工，得連續上班才能保證拿到高時薪，光是今天請假就已經損失相當慘重了。」

貫之沒有說明到底在打什麼工，但是，光是聽到這種強硬的要求，就覺得不是什麼太正當的場所。

「貫之。」

我對他的事情一無所知。

我知道他喜歡劇本、小說、故事，比任何人都認真念書，也投注相當大的熱情。

雖然也會開黃腔，但其實內心根本深處很挺朋友，相當看重朋友。

但除此之外，關於他自己私人的事情卻一概不提。

過去始終如此，而現在也還是一樣。

我並不是因為好奇才問，但畢竟擁有卓越才能的他，現在卻陷入了無法盡情發揮那能力的景況。

所以，我想成為他的幫助，就只是這樣而已。

「……不要。」

「沒什麼不要，告訴我理由！」

貫之回過頭。

「所以我才先開口拒絕啊！我不想講，不想牽連任何人，這是我的問題，不是能夠商量的事情。」

頑固地拒絕了對話。

我看得出來，貫之決心不向任何人敞開。

我們兩人就這樣同時停下腳步，沉默以對了好一陣子。

我從口袋中拿出了一張紙。

「……剛才，醫院的醫師給了我名片。」

「什麼……？」

貫之臉上明顯閃過動搖。

「醫師說，如果你有什麼事的話，馬上打電話給他，因為曾經受你父親的照顧。就這樣，我沒有再多問什麼。」

貫之露出了痛苦的表情。

這應該跟他一直不肯開口說的事情有關吧，而且是大有相關。

「告訴我吧，我可以幫你的，我……」

話說到一半便打住了。

因為貫之的表情，明顯變得嚴厲。

「你不可能幫得了我的!!」

那力道強烈的吶喊，彷彿周遭空氣也被震動了一般。

或許是用盡了全力吼叫，貫之在說完後痛苦地大吐了一口氣。

「……抱歉對你大叫。」

「不會，沒關係。」

這時雪開始真正降了下來。

粉雪將周圍空氣染上了一片白，地面也漸漸地失去了顏色。

貫之反覆好幾次張開了口，卻又閉上。

那就講吧，還是算了別講。

在歷經幾次的猶豫之後，彷彿終於再也按捺不住。

他沉重地開了口，以像是用力擠出來般的聲音說道：

「——我們家的狀況非常棘手。」

頭髮上積起了許多白雪。

然而貫之似乎毫不在意，他開始娓娓道來。

◇

醫療法人鹿苑會。

那是貫之老家的「家業」。

在整個埼玉縣都有綜合醫院，並幾乎掌握所有實權的醫師家族。

貫之則是本家直系血脈的三男。

「我父親和爺爺都是醫生，上面兩個哥哥當然也都是醫生，母親的家族則大多為議員，這邊可以說整個算是政治世家。」

看來貫之是出生於名門家庭，成長於有傭人照料的環境。

定期在自家接受健康檢查，以培養成重要的「接班人」。

「在那個家庭打從一出生，就已經連工作都安排好了。」

被安排進國小、國中、高中一貫直升的學校就讀，而老師大概也是考量到家庭背景，就只有自己沒有拿到志向調查表。因為每個人都認為他會當醫生，就連自己也幾乎放棄掙扎，認為大概就是這樣了。

「但就在高中一年級的時候。」

他認識了有點不乖，卻是最善解人意的學長。

總之那位學長家裡也是名門望族，但本人卻走了不同的路，因而成為被老家忽視的存在。或許是同情貫之的遭遇，他教會了貫之很多有趣的事物。

「然後，我就沉迷在小說和電影的世界裡了。」

對於貫之來說，就連刊載在教科書裡的小說，他也只知道表面而已，但學長告訴他的「裡面內容」是非常刺激的。學長告訴他許多文豪的各種傳聞，兩人笑到不行，並且開始在這段期間常跑圖書館，貪婪地沉浸在閱讀當中。

就連電影也是學長啟發的。心醉於昭和俠盜們在螢幕上飛舞的光景，學習好萊塢的戲劇創作，甚至也自己去構思故事內容，或是跟學長討論想要看什麼樣的電影。

人生第一次感覺到「快樂」的時間，就誕生在此時。

然而，好景不常。

「那位學長被迫轉學了，因為有人密告我跟他混在一起。」

「密告……」

「厲害吧？我家就是這麼強勢。」

學長被視帶壞兒子的壞人，遭到物理性的排除。

貫之就是從那時候開始打工的，學長最後留給他的禮物，就是幫忙找到了打工的地方，而且是以鹿苑家絕對不會發現的形式。

「我從那時候開始拚命工作，在居酒屋隱藏自己的年齡，還結識了一位表演雜技的朋友教我雜耍。只要在居酒屋表演雜耍，就可以獲得小費。雖然很辛苦，可是真的很開心。」

原來貫之在學園祭上展現的絕活和台風，是這樣學來的啊。

接著升上高中三年級，迎接大考的來臨。

而申請書也已早早被提出，就是東京都內的名門私立大學醫學系。

「要我考我就去考，然後就錄取了，但……沒有去讀。」

「你有辦……入學嗎？」

「我不知道，因為那時候我已經跟父母斷絕聯絡了。」

除了那間私立大學之外，貫之另外還偷偷報名了其他學校，並且也去考試，獲得錄取。就是大藝大的映像學科。

這件事當然讓雙親大為憤怒，父親叫他再也不用回家了。雙方斷絕關係。

並通知貫之，今後再也不會給予任何援助，隨便滾去別的地方。

貫之毫無抵抗地就接受了，帶著過去存下來的錢，想辦法繳了入學的學費，隻身一人來到了大阪。

「我覺得我贏了。我沒有老爸的庇蔭也可以活得好好的，心裡想說等著瞧吧。」

然後住進了北山共享住宅，認識了大家。

不會被探問家裡的事情，而且最重要的是，這裡沒有人知道自己老家的事情。可以盡情去談論喜歡的電影和故事。

簡直就像夢裡的世界一般。

「可是，事情並不順利。自己一個人賺取生活費，還要賺學費，卻落得連重要的課都沒辦法去上。」

而且在勉強工作的情況下，身體也撐不住了。雖然一直瞞著大家，但先前已經有發生過好幾次，因為太疲憊而差點倒下的情況。

「如果去大醫院的話，很有可能就會被家裡的人知道，所以我都盡量去小醫院，但偏偏最後還是叫了救護車露餡。」

「……對不起。」

「這不是你的錯，是我自己不好，都是我自己要硬撐到最後一刻，結果就倒了，也讓志野亞貴擔心了。」

貫之帶著達觀而溫柔的眼神，抬頭仰望著烏雲密布的天空。

「先前我媽不是有打電話來嗎？其實那時候我真的已經身心俱疲了，好幾次心裡都快撐不下去了。」

原來深夜裡那通電話打來時，有這樣的情況啊……

因為錢已經見底，他想了不少方法，像是學生貸款或獎學金等等，並試著詢問看看，至少先進行審核。

但是，問題就出在老家太富裕，使得獎學金的審核沒有通過，學生貸款方面，也因為考量到日後的種種，覺得風險太高而作罷。

「本來還想說可以靠寫小說賺錢，所以也投稿不少文學獎，曾有一次闖進最後一關審查，這已經是最好的成績了，其他大概都只到第三次審查。如果能獲得獎金就能整個大逆轉，但事情看來是沒那麼簡單。」

用盡了各種方法，甚至工作到連思考的時間都沒有。

然而，事情到最後仍然沒有好轉。

「反正就是個不成才的富二代，還以為自己真的發起了獨立戰爭。一開始信誓旦旦地說絕對不會踏上老爸鋪好的路，但馬上就面臨資金枯竭，然後棄權投降……自不量力也該有個限度呢。」

貫之自嘲著，並大大地嘆了口氣。

「老實說，我真的很想直接消失在沒有人知道的地方。不過現在都已經這樣了，我看那種結果也不遠了。」

「貫之，你不要這樣……」

「不然也沒有其他方法了吧？對了，我醜話先說在前頭，你不要弄什麼募款的喔，我已經造成大家這麼多困擾了，是不可能讓你們跟著陪大少爺在那邊固執的。」

雖然輕輕說笑帶過，當中卻令人感受到強烈的意志力。

的確，如果從貫之的美學來看，是不允許這種事情發生的吧。

也就是他那不依賴別人，想靠自己活下去的信念。

「沒辦法啊。」

貫之這麼說著並轉過身，我看著他始終很想問出口。

你甘心就這樣嗎？

你明明一直是這麼熱愛劇本，這麼喜歡故事。

然後現在真的要放棄嗎？

能夠書寫有趣文章，他是擁有如此能力的人。

再繼續這樣下去的話，貫之無疑會離開的。

這樣真的好嗎？

我一直思考著。

全心全意地思考著。

不靠募款支援，貫之以自己的能力拚命賺錢。

然後還要能繼續大學課程，真的沒有任何方法嗎？

不是靠打工，貫之有沒有任何能以自己的能力賺錢的方法？

「啊……」

我停下了腳步。

不就有一個嗎？

與自己有關的事情，能活用自己能力的事情。

最重要的是那個方法，能夠充分發揮我從十年前回到這時代的優點。

至今我一直極力避免的那條路。

因為我把那目標放在更遙遠的未來。

因為那是未來某天終能實現的夢想。

可是，如果在這裡選擇走上那條路，能夠讓朋友的夢想不致破滅。

那個「未來某天」應該也可以是現在。

「貫之，有喔。」

「有什麼……？」

有了確信之後，我要把這件事告訴身處絕望深淵的朋友。

「我有方法，可以讓貫之用自己能力賺錢的方法。」

貫之瞬間露出聽不懂我在說什麼的表情。

他發出不可置信的哈哈笑聲。

「恭也，你真的很厲害耶，每次我們覺得不行了的時候，你就會馬上推翻，然後忽然之間就讓一切事情順利發展，像是上學期的電影也是，還有奈奈子也是又活了過來。我真的覺得你這點，非常厲害。」

貫之臉上的表情消失了。

「但是啊——」

並且瞬間轉為怒氣。

「我現在這狀況有多嚴重！這可不是你可以想辦法解決的程度，你已經踏進了我最不想讓人介入的事情，你現在是想說你可以理解嗎!?」

「我可以理解。」

「你根本什麼都不知道！這可不是開玩笑的」

貫之一把揪住我的前襟，眼神因為憤怒而顫動，嘴角扭曲勾起。

我知道，我真的知道，貫之。

錢的問題的確是很嚴重，也不是這個年紀能夠想辦法解決的事。

而且，畢竟是這樣的狀況，普通一名學生哪有辦法解決。

「放手。」

我靜靜地跟貫之說道，貫之的表情恢復了正常。

他放開手，尷尬地垂下了視線。

「……抱歉，火氣一下子上來。」

「沒關係，畢竟這代表你是真的很煩惱。」

不過，就是因為這樣。

「所以希望你能先聽我的想法。」

我抓住貫之的肩膀，讓他正視著我，而我也認真地緊盯著他。

帶著「如果移開視線就殺了你」的氣勢。

「恭也，你……」

他屏著氣息看著我，明白如此認真的情緒，自己也得同樣認真對待才行。

貫之表情一變。

「我並不是毫無根據地亂說，我是有對策的。」

雖然金錢是一切的動力來源，但也可能是讓一切化為虛無的元凶。

這點我在十年後的世界，已經看到不想再看了。

因此現在這對我來說，也是一場復仇戰。

為了不讓夢想被金錢擊潰。

「能讓你充分發揮能力，並且還要賺到學費。」

貫之明顯表現出了困惑。

頑固已經消失，看得出來有想聽聽看的意思了。

「真的有那種方法嗎……？」

面對這有如呻吟般的聲音，我充滿自信地回答：

「嗯，有的。」

曾幾何時，雪已經停了。

太陽光從雲層之間落下，原本黑白的世界開始慢慢恢復了色彩。

白雪融化成水，呼嘯而過的汽車濺起了水花。

噴濺的水珠在陽光照耀下，閃閃發亮。

「有辦法的——絕對有辦法解決的!!!」

我以至今未曾有過巨大聲量吼叫，貫之驚嚇地瞪大了眼睛。

面對「金錢」這種奪走夢想、消融希望的魔物，這怒吼是勇者的寶劍，也是我從未來向十年前的現在，所發出的戰帖。

後記

就是這樣，第二集說的就是奈奈子的故事。這位活潑的小姐呢，也是有很多煩惱的。我其實本來也是學影像的，但不知不覺就變成了，搞不清楚自己在幹麼的大叔了。自己的希望，還有自己受到的期待，如果能夠一致是很幸福的一件事，但這世界並沒有那麼好過。奈奈子總算找到了唱歌這個目標，但這真的能帶給她未來嗎？如果要從我腦子輸出這件事情的話，還要再多借助大家的幫忙才行。希望大家多多支持第二集啊（直接打書）。

好了，各位熟悉的白金世代明星級選手們，現在已經有兩個人驗明正身了，最後還剩下一人。話說回來，那個他啊，明顯是處於不妙的狀態，不過之後到底會變怎樣呢？其實我自己也不知道（認真），所以之後我會好好靜下心來問問看他們。那位突然出現的幼女學姊，到底是什麼來頭呢？而桐生學長的名聲會拉上來嗎？有太多想繼續寫的事情了，還請各位繼續多多支持啊（還是直接在打書）。

雖然第一集也是這樣，不過因為小說的內容已經寫得跟山一樣多了，後記我就簡短地寫吧。所以，接下來我要來致謝了。

非常非常感謝 Eretto 老師，努力把奈奈子畫得這麼可愛，色色的畫面畫得那麼色，用插圖一下子就吸引住大家了。等我變成老爺爺之後，會很得意 Eretto 老師曾經幫我畫過插圖的事情……

感謝音樂相關的H人士，對於設定方面的協助，還有幫忙檢查原稿的的I人士，以及 Natume Eri 小姐給予感想和故事發展的建議，接著、接著，感謝MF文庫J編輯部的T編輯，一直陪著我處理比往常更費心的原稿，下一集要出的時候，我一定會更認真的！對不起！但只有花枝，只有花枝＝這個，拜託你就答應吧！

在此也要深深、深深感謝，買了這本書並閱讀的讀者們。如果看了覺得有趣，不嫌棄的話，希望也一定要介紹給你身邊的親朋好友。對了，願意的話，麻煩也來推特寫個感想吧。

那麼各位，期待下次再見面囉。保重。木緒なち　敬上

【我在 nico 生社區的頻道是『グッドデザデザ@ニコ生』，裡頭有放一些與作品相關的影片，有興趣的話，歡迎訂閱！】

✿あとがき✿

このたびは、
『ぼくたちのリメイク
～十年前に戻って本気になれるものを見つけよう！～』を
手に取っていただき
ありがとうございます！

很感謝各位拿起《我們的重製人生～回到十年前找回幹勁吧！～》來閱讀！

ナナコー
肉まんとピザまん
どっち食べるー？

肉包跟披薩包妳要吃哪個——？

2017.
えれっと

暑い!!

チームきたやま・改の
今後の動きが気になる…！

まっててね次巻！

新・北山團隊 今後的動向究竟是如何呢……！ 敬請期待下一集囉！

浮文字

我們的重製人生(02)

(原名：ぼくたちのリメイク2)

作者／木緒なち　封面插畫／えれっと　譯者／許芳瑋
榮譽發行人／黃鎮隆　總經理／陳君平
協理／洪琇菁　國際版權／黃令歡、梁名儀
執行編輯／呂尚燁　美術主編／陳聖義
企劃宣傳／楊玉如、洪國瑋
出版／城邦文化事業股份有限公司　尖端出版
台北市中山區民生東路二段一四一號十樓
電話：(〇二)二五〇〇七六〇〇　傳真：(〇二)二五〇〇二六八三
E-mail：7novels@mail2.spp.com.tw
發行／英屬蓋曼群島商家庭傳媒股份有限公司城邦分公司　尖端出版
台北市中山區民生東路二段一四一號十樓
電話：(〇二)二五〇〇—七六〇〇(代表號)
傳真：(〇二)二五〇〇—一九七九
中彰投以北經銷(含宜花東)／楨彥有限公司
電話：(〇二)八九一九—三三六九
傳真：(〇二)八九一四—五五二四
雲嘉經銷／智豐圖書股份有限公司　嘉義公司
電話：(〇五)二三三—三八五二
傳真：(〇五)二三三—三八六三
南部經銷／智豐圖書股份有限公司　高雄公司
電話：(〇七)三七三—〇〇七九
傳真：(〇七)三七三—〇〇八七
一代匯集／香港九龍旺角塘尾道六十四號龍駒企業大廈十樓B&D室
電話：(八五二)二七八三—八一〇二
傳真：(八五二)二七八二—一五二九
馬新經銷／城邦(馬新)出版集團　Cite(M)Sdn.Bhd.
E-mail：Cite@cite.com.my
法律顧問／王子文律師　元禾法律事務所
台北市羅斯福路三段三十七號十五樓
二〇一九年一月一版一刷
二〇二一年十月一版三刷

■中文版■

郵購注意事項：
1. 填妥劃撥單資料：帳號：50003021戶名：英屬蓋曼群島商家庭傳媒(股)公司城邦分公司。2. 通信欄內註明訂購書名與冊數。3. 劃撥金額低於500元，請加附掛號郵資50元。如劃撥日起 10～14日，仍未收到書時，請洽劃撥組。劃撥專線TEL：(03) 312-4212 ・ FAX：(03) 322-4621。E-mail：marketing@spp.com.tw

國家圖書館出版品預行編目資料

我們的重製人生 / 木緒なち 著 ; 許芳瑋 譯.
--1版. --臺北市：尖端出版, 2018.10 面 ; 公分. --(浮文字)
譯自:ほくたちのリメイク
ISBN 978-957-10-8305-6(平裝)
ISBN 978-957-10-8451-0(第2冊:平裝)

861.57　　107011933